所罗门之犬

[日] 道尾秀介 著

吕灵芝 译

『ソロモンの犬』
SOLOMON NO INU by MICHIO Shusuke
Copyright © 2007 MICHIO Shusuke
All rights reserved.
Original Japanese edition published by Bungeishunju Ltd., in 2007.
Chinese (in simplified character only) translation rights in PRC reserved by QingDao Publishing House Co., Ltd , under the license granted by MICHIO Shusuke, Japan arranged with Bungeishunju Ltd., Japan through Hanhe International (HK) Co., Ltd.

山东省版权局著作权合同登记号　图字：15-2020-242 号

图书在版编目（CIP）数据

所罗门之犬 /（日）道尾秀介著；吕灵芝译 . — 青岛：青岛出版社，2023.6
ISBN 978-7-5736-1145-1

Ⅰ.①所… Ⅱ.①道… ②吕… Ⅲ.①推理小说 – 日本 – 现代 Ⅳ.① I313.45

中国国家版本馆 CIP 数据核字（2023）第 084647 号

SUOLUOMEN ZHI QUAN

书　　　名	所罗门之犬
著　　　者	［日］道尾秀介
译　　　者	吕灵芝
出版发行	青岛出版社
社　　　址	青岛市崂山区海尔路 182 号（266061）
本社网址	http://www.qdpub.com
邮购电话	0532-68068091
策　　　划	杨成舜
责任编辑	刘　迅
封面设计	陈绮清
照　　　排	青岛新华出版照排有限公司
印　　　刷	青岛双星华信印刷有限公司
出版日期	2023 年 6 月第 1 版　2023 年 6 月第 1 次印刷
开　　　本	32 开（880mm×1230mm）
印　　　张	9.5
字　　　数	183 千
印　　　数	1—8000
书　　　号	ISBN 978-7-5736-1145-1
定　　　价	45.00 元

编校印装质量、盗版监督服务电话：4006532017　0532-68068050
本书建议陈列类别：外国文学　推理　畅销

ソロモンの犬

目 录

序章 / 1

第一章 / 10

第二章 / 49

第三章 / 133

第四章 / 175

第五章 / 235

第六章 / 247

尾声 / 278

序章

天空和大地一片灰白。天地之间灰色的边界线上浮现出红色的意大利斜体字。

Welcome to riverside cafe SUN's.

这里的单词"SUN"是指儿子,还是指太阳?不管它指什么,那都是他不想见到的店名。

秋内静走在灰色的路面上。

冰凉的水滴击中他的脸颊,他停下脚步,仰望天空。雨点渐渐密集,他瞬间被雨声包围,T恤很快被雨水打湿,贴在他的身上。秋内慌忙环视四周,却找不到一个可以避雨的地方。于是他回过身,跑向刚才路过的有红色字母招牌的那家店。乐卡克牌跑鞋摩擦地面,发出"咯吱咯吱"的声音。他那从短裤裤腿里伸出的双腿不断交替着抬起,迎向从天而降的雨水。"SUN"这个单词在他的视野里上下跳动,渐渐变大。他一口气跑上咖啡店露台的台阶,打开嵌着玻璃窗的木门。

瞬间,他的头顶上发出尖厉的响声,秋内吓得缩起了脖子。

"哎哟,吓我一跳!"

柜台里的中年男人叫了一声,朝他看过来。那个人有一头稀薄的白发,身穿长袖白衬衫,系着领结,白衬衫外面套着一件黑色马甲。秋内一看便知那个人是咖啡店的店主。他隔着眼镜把秋内从脚到头打量了一番,继而看向秋内的头顶上方,目光停在那里。秋内抬头看去,发现门上装着一个铜铃,铜铃正在轻轻摇晃。

"欢迎光临!"

等到铜铃完全安静下来,店主才重新看向秋内。

"不好意思,打扰你了!外面突然下雨……"

秋内突然有种奇怪的感觉,不禁咽下了后面的话。秋内好像在哪里见过这个店主,但是想不起他究竟是谁。店主平静地看着秋内,眨了眨忧郁的眼睛。

"您是一个人来的吗?"

"啊?"

"请问只有您一位吗?"

"啊,是的,只有我一个人。"

秋内平时很少独自走进餐饮店,因此有些紧张。每次去大学附近的家庭餐厅或车站附近的快餐店,他都是跟朋友在一起的。

店主请他坐到吧台边。秋内揪起贴在胸口的湿T恤,坐到了黑色的吧凳上。他再次偷偷打量店主的脸,觉得他有些眼熟,好像在哪里见过。莫非秋内认错人了?店主可能只是长得像某位演员或名人。

"请慢用。"

店主隔着吧台,递给秋内一块黑色毛巾。秋内觉得店主的声音也有些耳熟。

秋内接过毛巾,擦了擦被雨水打湿的脸和头发。

"您想吃点儿什么?"

"哦,我喝点儿东西就行。"

"本店有多种饮品。"

"嗯,那就给我一杯咖啡吧。"

"我们这里有热咖啡和冰咖啡。"

"那就热咖啡吧。"

秋内正好被雨淋得全身发冷。

店主背向秋内,使用咖啡机制作着咖啡。

这是一家狭长的咖啡店,厚重的木制吧台笔直延伸,旁边摆着十个吧凳,咖啡店最里面有一组独立座位,一张圆形玻璃茶几的四周放了四张看起来很舒服的皮质沙发。店里只有秋内一个客人,是所有的私人咖啡店都这样冷清,还是只有这家店门可罗雀？秋内不太熟悉附近咖啡店的经营状况，因此不能肯定情况究竟如何。

吧台内装了一排柜子，摆放着各种金属器具和餐具。柜子前方还有一个黑色吧凳，上面放着小小的老式电视机。此时，电视机虽然没有发出声音，但是一看画面就知道，它正在播放某个新闻节目。可能是电视机的信号不太好，其画面一直在闪烁。

"这东西坏了，有些不好用了。"店主注意到秋内的目光，解释了一句，然后轻轻地笑了一声，"电视机很碍眼，是吗？我这就关掉它。"

店主缓慢地走向电视机，秋内连忙说了一句：

"没关系，开着就好。"

店主轻挑眉毛，转身继续准备咖啡。

雨声淅淅沥沥地渗透进来，除此之外，店里只有店主操作咖啡机发出的轻响。秋内的眼睛盯着电视机的画面，一动不动。电视机正在无声地播放报道。

"在那里快乐地生活……"

"二楼前方的窗户……"

"玄关旁的狗屋……"

"就像等比例缩小的房子……"

秋内只看女播音员的口型，就知道她在说什么、在报道什么。

"让您久等了！"

店主将一只白色咖啡杯放在秋内面前。这时,电视机画面突然剧烈地晃动起来。播音员的脸宛如高温下扭曲变形的玻璃,一只眼睛异常膨胀,像狠狠瞪了秋内一眼,接着,表示无信号的"雪花"覆盖了整个电视机屏幕。

"啊,可能是因为下雨天信号不好,电视机才这样的吧。"

店主抱着胳膊,凝视着电视机画面。现在已经无法分辨屏幕上有什么。"雪花"中不时出现模糊的轮廓——人的脸、狗的身体、三角形的屋顶。

"我还是把它关了吧。"

店主用苍白的指尖按下电源按钮,电视机画面立刻转暗,屏幕上留下了一片灰色的残影。那残影转瞬即逝。

"这东西太没用了。"

店主微微噘起下唇,用抹布擦了几下手。接着,他的身高毫无征兆地矮了许多。秋内吃了一惊,忍不住伸头去看,原来店主刚才是坐在了柜台里的纸箱上。

"怎么了?"

"啊,不,没什么。"

店主在纸箱上盘腿坐下,从马甲口袋里掏出一本小书,"哗啦哗啦"地翻了起来。那本书的封面满是褶皱,应该是本很旧的书。由于角度问题,秋内看不见书名,只看到有个"犬"字。他不禁想:这家店的名字和这本书的名字,看起来都有些莫名其妙。

秋内端起咖啡,喝了一口,想转换一下心情。

这家店看起来装潢十分考究,因此他期待能在这里喝到不错的咖啡,然而杯子里咖啡的味道实在是一言难尽。是因为那咖啡的味道太淡了吗?秋内看了一眼咖啡杯,杯里液体的颜色与普通的咖啡无异,但味道不像美式咖啡。他又喝了一口,仔细品尝,白开水的味道充满他的口腔。这东西卖多少钱呢?

柜台上立着饮品价目表,秋内拿起来看了一眼。

"一百……"

他吓了一跳,这里的咖啡只要一百二十日元,比连锁超市卖的咖啡还便宜。

"我觉得应该值这么多。"

捧着书的店主看着他,露出一副哭笑不得的表情。

"什么?"

"汇率。"

秋内无法理解店主话中之意,想等他说下去,可是店主已经低下头,看起了手中的书。这究竟是一家什么店?这里既没有其他客人,咖啡又不好喝,店主还总说些莫名其妙的话。

然而,外面正下大雨,他只能坐在这里,等待雨停。

秋内放下咖啡杯,再次环顾四周。店铺最深处唯一的沙发座正对着一扇封闭的玻璃窗,一米见方的玻璃被十字形木框分割成四块,借着窗外昏暗的天光,他可以看到外面有一条水流湍急的河。

"这家店只有景色还不错。"店主头也不抬地说。

"不巧,今天下起了雨。您别客气,在这里多坐一会儿吧。若是咖啡不够,我可以给您续杯。"

铜铃响起,门口的雨声突然变得嘈杂。

"京也?"

他的大学同学友江京也走了进来,与秋内一样,他全身都湿透了。

"咦,秋内?"

京也扬起眉毛,似乎也吃了一惊。

"你也在避雨吗?外面的雨好大啊,天气预报好像说是阵雨。"

京也背后猛地闪过一道白光,那应该是闪电。白光照出京也身后的两个人,其中一个人发出了甜美的声音。

"京也,快进去呀!"

"啊,抱歉!"

京也侧过身,同样全身湿透的卷坂弘子走了进来。她用指尖撩起贴在脸上的长发,冲秋内笑了笑。

"秋内君,好巧啊!"

接着,弘子向后转身,朝另一个人喊了一声。

"智佳,你也快进来呀!"

"啊,羽住同学也在啊……"

秋内突然有些坐立不安。

羽住智佳低着头走了进来。她穿着一件朴素的白色T恤，被雨水打湿的T恤紧紧贴在她的身上。

"静君……"

智佳抬起头，额前的湿发微微晃动，雨水滴落在地板上。

"京也、弘子、羽住同学……你们怎么凑在一块儿了？"秋内勉强地挤出了一丝笑容。

京也回答道：

"没什么，本来想去……那里，但是突然下起雨了。"

雷声轰然炸响，盖住了京也的声音。秋内正要追问，却听见另一个声音响起。

"各位请慢用。"

店主站在吧台里面，为新来的客人递上了毛巾。那些毛巾跟秋内刚才用的款式相同，都是黑色毛巾。三个人各自道谢，接了过去。

"对不起，我们把门口弄湿了！"智佳一边擦头发一边对店主说道。

店主笑着摇了摇头：

"没关系，刚才这位客人也一样。"说着，他用调皮的眼神看着秋内。

"既然各位彼此认识……不如到里面坐吧！"

"对啊，咱们一块儿坐吧！"京也把毛巾捂在脸上，发出模糊的声音。

秋内拿起自己的咖啡杯,带头走向店铺尽头的四人沙发座,他挑了那张靠近窗边的沙发坐下。木框隔开的玻璃窗外就是那条昏暗的河,河水的水量似乎比刚才更大了。

不一会儿,三个人擦拭完身体,踩着"吱嘎"作响的木地板走了过来。京也点了一杯黑咖啡,弘子和智佳也点了同样的饮品。

等老板转身离开后,正对秋内的京也低头喃喃道:

"自从守夜结束、一起吃过饭后,我们四个人就……"

与他并排落座的弘子闻言,转头看向京也。与此同时,秋内旁边的智佳倒吸了一口气。京也没有把话说完,而是看着两个人,不服气地哼了一声。

"为什么摆那样的表情啊?事情已经发生了,何必这样呢?如果总是回避这个话题,今后咱们都别想说话了!"

弘子和智佳都没有回话。

秋内开口说道:

"你说得有道理!"

"对吧!"京也苦笑了一下。可是,秋内接下来的话让他的表情凝结了。

"我们的确应该好好谈谈。"

"不,秋内……"京也不自然地紧绷着脸,"我不是说……"

秋内将目光移开,一口气说出了自己的想法:

"我们应该搞清楚,我们中间是否有个杀人犯。"

第一章

(一)

两个星期前的一个阳光毒辣的星期日。

秋内一边蹬着山地自行车,一边从短裤口袋里掏出手机,他没有看手机屏幕,只是用拇指摸索着按下了回拨键。

"哟,辛苦啦!"

快递配送公司"ACT"的老板阿久津气势十足地接起了电话。他见打来的是配送员专用的号码,就没怎么说客套话。

"辛苦了!我是秋内,我刚送完第四件。"

"不错啊,阿静真厉害!"

据说阿久津今年四十岁,但是秋内怀疑,他的声音从二十多岁起就没有变过。在电话里,他的声音听起来像秋内同龄人的声音。如果他的声音已经随着年龄发生了变化,那么阿久津二十几岁时的声音听起来岂不是像小学生?

"下一件送到哪里?"

"暂时没有下一件,你可以回来休息一下。"

显然还没有客人预约自行车配送服务,如此一来,配送员自然无事可做。

"不,我在附近逛逛就好。"

"行,等单子来了,我再联系你。"

通话结束,秋内把手机塞回口袋。

秋内想:过不了多久,就又会有下一单,现在回办公室没什么意义。自行车快递的订单内容往往是"请速到某某地取某某物品"。当然每次配送的物品基本都不相同,但不知为何,那些取件地点通常会离上一单的配送地很近。秋内两年前开始做这份兼职,有过几次教训,他知道,在两个订单之间往返公司只是浪费时间。

他握住刹车,减慢了骑行的速度。他现在所在的地方,正好是相模川河口的大桥。

他停下车,脚撑在马路边的石阶上,突然感到 T 恤紧紧贴着肩膀,一股热气从胸口腾起,扑向他的脸颊,斜挎在背上的邮差包被晒得滚烫,宛如烧红的煎锅。

一阵海风吹过,汗味跟潮水的气味混在了一起。左侧不远处就是相模川的入海口。可能因为连续两个星期都是盛夏阳光最炽热的日子,所以此时的河面异常平静。

正在这时,秋内口袋里响起了手机铃声。

"看吧,果然来新单了!"

秋内掏出手机，然而显示屏上显示的并不是"ACT"，而是"羽住智佳"。

秋内那颗全速蹬车依旧能沉稳跳动的心脏猛地蹦了一下之后，仿佛停止了跳动。不，它不可能停止跳动。他抬手按住胸口，心还在跳。

今天是星期日，羽住智佳会有什么事找他呢？是因为太清闲，想找他聊天儿？不可能。是想找他一起去逛街？更不可能。

秋内压抑着疯狂的幻想，接通了电话。

"你好……"

"静君，你在打工吗？"她的语气还是那么平淡。

"嗯，不过没关系，现在正好没单子。"

"星期日还这么辛苦啊！"

"不算辛苦，反正每天都在做。"他不露痕迹地强调了自己的勤勉，"你怎么会给我打电话呢？好罕见啊！"

"静君，你在哪里呢？"

"现在？我在海边，正好在相模川上面。你知道京也经常钓鱼的那个渔港吗？我就在那附近。"

"真的吗？"智佳发出了带着一丝喜悦的声音，"那正好，刚才弘子给我打电话，说她跟京也在渔港那边，可以过去玩。"

"叫谁过去？我吗？"

"不，是叫我去。"

秋内暗自想道：那你联系我干什么？

"要是静君有空,我想叫着你一起去。"

一起去……

这是怎么回事?秋内感到有些困惑。

智佳主动邀请他,这种事还是头一次发生。可是他正在打工,虽然现在有时间,但时间并不多。他到渔港露个脸可能没问题,但ACT那边应该很快就会给他派新单子。如此一来,他肯定会错过智佳的邀约。然而,他说不定能在ACT联系他之前,跟智佳见上一面。

秋内心里很矛盾:怎么办?怎么办?我该怎么办?

"我正在打工,可能见不到羽住同学。"

从智佳租的房子到渔港,步行需要二十分钟。他当然没去过智佳的住所,只是以前听弘子说过。而秋内现在出发,五分钟就能到达渔港,那剩下的十五分钟里,ACT会一直不联系他吗?他真的能见到智佳吗?

"要是错过,那就没办法了。"

"是啊,你说得也对。那我先过去再说吧。"

"嗯,待会儿见。"

"待会儿见。"

通话结束。

秋内踩着踏板,用力握紧车把,一路飞驰,奔向渔港。他迎着海风,挥洒着汗水,心中发出了喜悦的呐喊。

他想起了两年前的往事。

他考上了相模野大学应用生物学系,第一天上课,秋内看到坐在自己旁边的同学相貌出众,不禁惊为天人。长了他这样的脸,在全世界任何地方都能随心所欲地谈恋爱吧。接着他又想,如果跟这小子搞好关系,我或许也能沾到一点儿光。

秋内很不擅长跟女生聊天儿,在初中时期和高中时期,他都没有主动跟班上的女生交谈过。

如果能交一个女朋友,他可能就不会那么紧张了。然而,他从来没有机会接近女生。喜欢找他玩的都是男生,而且不知为何,那些男生全是体毛浓密且嗓门儿洪亮的家伙。

秋内偷眼瞧着旁边的同学,心中暗想:要不就利用一下这小子吧。跟他搞好关系,经常和他在一起,说不定会形成催眠式营销的效果,把我也顺带送到女孩子的怀里。没错,就这么办!能想到这么好的点子,不愧是我!

"我叫秋内,你呢?"

秋内佯装淡定,跟旁边的"帅哥"搭话。那个"男生"抱着双臂,正在专心等待听课,听到秋内的话,"他"转过冷漠的脸,皱起清秀的眉毛反问道:

"你说什么?"

"不是,那个……我叫秋内。那个……"

说到这里,秋内再也没有发出声音。

这位看似男生的同学竟然是女生!

这是秋内有生以来第一次主动跟同龄女生搭话,同时,他忽然意识到,世上真的存在一见钟情的瞬间。

"我叫羽住,请多指教。羽住智佳……"

多么美妙的声音,如同清澈的旋律!

为什么你是羽住?为什么羽住是你?为什么……

"你怎么出汗了?"

"啊,我……特别热……"

"我觉得不热啊。"

智佳漆黑的眼睛注视着秋内,目光中既没有偏见,也没有好奇。

她身高162厘米,因为姿态挺拔,所以看起来显得更高一些。如果抱起双臂,或是用物品遮住本来就不大的胸部,她就很容易被误认为是"长得特别帅的小个子男生"。

她的家乡在北海道,不知是否与出生地有关,她的皮肤特别白皙。据说她的家在石狩川河口附近一个安静的小镇上,她的第一个"男朋友"是一个泰迪熊布偶,它每天都躺在家里的小床上等她回家。

她父亲是渔民,母亲是家庭主妇,有个比她大两岁的哥哥,她哥哥目前在父亲的船上帮忙捕捞毛蟹。这些信息都是后来秋内从智佳高中到现在的好朋友弘子口中打听到的。

羽住智佳。

她称秋内为"静君",但是她这样叫他,听起来并没有特别亲密的感觉。听弘子说,智佳上高中时跟一个叫"木内"的男生"发生了很多事",所以对"秋内"的发音有点儿反感。①但不管理由是什么,他觉得智佳直呼他的名字的感觉并不坏。应该说,刚开始的时候,每次听到智佳叫"静君",他都会兴奋得浑身战栗,有时太兴奋了,还会浑身冒汗,所以,智佳可能误以为秋内是个很容易出汗的人。至于那个"木内"究竟跟智佳发生过什么事,他到现在都没有问出来。

第一天打过招呼后,秋内有段时间完全没有跟智佳说话,准确地说,他是不敢跟她说话。每天晚上,他都会绞尽脑汁地组织语言,甚至在纸条上记录"打招呼的话",第二天放在口袋里上学,可是一见到真人,他就会感到下腹冰冷,尿意徒生,意识模糊,精心准备的话也都变成汗水冒了出来。

他总是不由自主地偷看智佳,连智佳走过时搅动的空气都会让他全身僵硬,智佳一跟女同学说话,他就忍不住侧耳倾听,看到智佳偶尔露出美丽的微笑,他就感到无法呼吸。那种日子持续了整整一个月。在此之前,秋内一直以为年轻女性即使跟好朋友在一起,也会很在意他人的目光,控制自己的说话方式和动作。然而,智佳是他碰到的第一个例外,不知是因为智佳毫不关心他人,没什么自我意识,还是她自我意识很强烈,总之,秋内总是试图从她微妙的动作和眼神中探寻真相。

在那个过程中,秋内交到了友江京也这个坏脾气的朋友。

---

① "木内"拼作"kiuchi","秋内"拼作"akiuchi",发音相近。

现在他跟京也算是能一直来往下去的好友,但他还是很想忘记两人相识时的场景。

"你叫秋内,是吗?"

一天,上午的课程结束后,秋内听见了这么一句话。他回过头,发现一双冷冰冰的眼睛从薄薄的刘海儿处冒出来,直勾勾地看着他的脸。说句老实话,秋内刚入学时,就注意到了经常跟他上同一门课的京也。

他觉得这个人有点儿不正常。

京也外表英俊,但是寡言少语,还经常面无表情。秋内从未见过他跟别人说话,那天也是秋内第一次听到他的声音。

"是啊。"

秋内看着他,心里有点儿紧张。京也什么都没说,而是凑了过去,眼睛直瞪着秋内,具体地说,是俯视着他,因为他比秋内高了一大截。那一刻,秋内本能地感觉到:这个人很危险,不能跟他扯上关系,自己最好逃跑,快跑,赶紧离开这里……然而,人的本能力量是有限的。

"我们做朋友吧。"京也突然说道。

秋内闻言,惊讶地伸长了脖子。

"我住在这附近,要是你有时间,我带你到大学周围转转。"

说话时,京也依旧面无表情。秋内抬头看着眼前这个高个子青年,心里万分疑惑。

"我也住在这附近,不需要……"秋内委婉地拒绝了京也。

京也仿佛没听到他的话,继续说道:

"你中午都在哪里吃饭呢?如果你在食堂吃饭,以后我们一起去吧!"

"嗯,那倒是可以。"

"你平时看电视剧吗?"

"电视剧?"

"你不觉得下午的课上起来很累吗?"

那一刻,秋内突然感到疑惑。京也接连说出的这些奇怪的话好像有些耳熟。他在哪里听过呢?他在什么时候听过呢?是谁说的呢?秋内刚想到这里,京也就向他伸出了右手。秋内还以为他要和自己握手,可是还没等秋内伸出手,就发现对方细长的手指间夹着一张纸。那是什么?秋内带着查看过期食品的心情,警惕地看着那张纸。那是一张方形便笺,上面写着密密麻麻的字,字很丑,却很眼熟。

"这是你掉的。"

秋内蒙了。

那是秋内自己写的"打招呼的话"。那一瞬间,秋内坚信自己的人生已经完蛋了。至少未来四年,他都要背负"可怜处男"的烙印了。也许不久之后,这个京也就会让整个大学的人都知道,秋内是个"无比丢人的家伙""最差劲的男人""令人厌恶的单细胞生物",或许这些都将成为他的绰号。

可是,京也好像对秋内的这些特点不感兴趣。他把便笺还给秋内，面不改色地问道：

"对方是谁？"

由于这个问题过于意外，秋内忍不住说了实话。

"羽住智佳。"

京也露出恍然大悟的表情，第一次对他笑了。

"你这个人可真怪！"

然后，两个人一起去了食堂，点了咖喱饭，面对面坐下。京也一边吃饭，一边问秋内想不想知道跟智佳做朋友的捷径。面对这个出乎意料的提议，秋内自然没有犹豫。

"要怎么做呢？"

"跟我做朋友就好。"

这是什么意思？

"你知道弘子吧？卷坂弘子，就是经常跟羽住智佳待在一起的那个女生。"

他当然知道。卷坂弘子留着长头发，有一双长腿，她看起来很温柔，是个特别有女人味的美女。智佳和弘子正好是相反的类型，收集一堆她们俩的照片，说不定能充当围棋的黑白子。

"她好像喜欢我。"

"啊，真的吗？你怎么知道？"秋内迫不及待地追问道。

京也用勺子舀起一块咸菜，边吃边说：

"直觉。"

秋内觉得京也在开玩笑，可是他的表情很严肃。

"我会跟她交往,你只要跟我做朋友就好。那样一来,你也能接近羽住智佳了。"

京也的自信让秋内万分惊讶。

更让他惊讶的是,一个星期后,京也真的跟弘子交往了。京也告诉他,对方一口就答应了。那一刻,秋内沉痛地意识到,对京也那种男人来说,交女朋友不费吹灰之力。同时他又沉痛地意识到,自己永远不可能变成那种男人。

总之,就是这样,秋内拐弯抹角地成了智佳的朋友。但是刚开始那段时间,几乎都是京也走到智佳和弘子身边,再转头把秋内叫过去。

直到三个月前,他们举行烧烤聚会的那天……

秋内骑着山地车,冲下了通往渔港的陡坡。在他负责的片区里,这是他最喜欢的道路。这条有双向单车道的沿海公路在快到渔港时坡度加大,因为路旁没有人行道,而且经过的车辆速度极快,所以在这里骑车有些危险。然而,这也是能让秋内这辆高级山地车发挥最大能力的道路,因此他特别喜欢这里。

秋内超过与他同方向的汽车,继续蹬踏板。车头的测速表显示,目前山地车的时速是 46.7 公里,因为是下坡,应该还能继续提速。他身体前倾,握紧把手。空气里充满海潮的气息。左侧围栏下方是一片黑色的岩石,海浪拍打在上面,激起高高的白浪。如果他一不小心,让前轮碾到一个空罐,他的身体就会跟山地车一起飞向空中,重重落到下面的岩石上。普通自行车的重量通常有二十千克,而这辆车的重量不足十千克,只要碰到一点儿障碍物就会飞起来,他就会跟爱车殉情。如果真出了这种事,智佳会为他流泪吗?

"为什么……你为什么会死?你不是还有话要对我说吗?"

"我……我……我很喜……喜……喜……"

不可能,他想象中的这种场景是不会存在的。

智佳可能会感慨"你真的很喜欢骑自行车啊",然后表示惋惜。她也可能一句话都不会说。秋内的死,或许只能让那柔软的粉色薄唇轻轻吐出一个"哦"字。

"一开始都这样……"

他嘀咕着自己也听不懂的话,眼睛望向前方。迎面而来的海风吹干了他的汗水,他已经能看到渔港了。堤岸上坐着一个紫色的身影。如此浮夸的紫色T恤,恐怕只有京也会穿。

(二)

"哎,来啦!"

那个穿紫色T恤的人果然是京也。他坐在岸边,盯着前方的钓竿,头也不回地跟秋内打了个招呼。原本应该和京也在一起的弘子并没有露面。京也身边停着两辆自行车,一辆是京也的标致牌进口车,另一辆是淡黄色的可爱小车,那是弘子的自行车。她可能去洗手间了。

秋内下了山地车,向京也走去。

"你不回头看怎么知道是我?"

秋内觉得,京也可能是通过刹车声猜到来的人是他。刹车时,普通自行车会发出"叽"的声音,而山地车则会发出"咻"的声音,山地车的声音听起来更高级。这两种声音之间的差别十分微妙,外行人很难听出来。秋内自己都不敢保证能分辨出这两种声音,京也却可以不回头就分辨出来,并推测出来的人是他,这确实很了不起。看来京也是个高深莫测的男人。

"怎么是你啊?"京也回过头,百无聊赖地看着秋内,"我还以为是智佳呢。我刚才听见弘子在给她打电话。"

"嗯,我也听说了……"

秋内振作精神,在京也旁边盘腿坐了下来。裸露的脚踝碰到太阳暴晒的水泥地,让他险些发出惨叫。接着,他不动声色地换成了抱腿坐的姿势,不让京也发现自己的反应。

"对了,京也,你见到我不觉得奇怪吗?"

"你是打工经过这里时从桥上看见我了吗?"

"没有。告诉你一件特别棒的事情吧!五分钟前,我刚送完第四个订单,口袋里的手机突然响了。你可能不相信,屏幕上竟然显示……"

"来了!"

京也的钓竿前端开始猛烈震颤。

"来吧,竹荚鱼、竹荚鱼、脂眼鲱!"

京也宛如念咒一般嘀咕着收起鱼线,等间距排列的鱼钩上挂着三条银色小鱼。那些鱼一上岸就开始拼命挣扎,京也动作娴熟地取下鱼钩,将它们扔进了旁边的小冰盒里。竹荚鱼的样子很眼熟,可脂眼鲱是什么样的鱼呢?

"钓鱼很好玩吗?"秋内看着京也用小铲子铲了一把饵料撒在海面上,忍不住问道。

"比骑自行车乱晃好玩一点儿。"

"我可不是乱晃,而是在认真工作!"

"认真工作?"

"笑什么笑!"

"一个认真工作的人仅仅因为接到一个喜欢的女孩子打来的电话,就专门赶到这里来了。"

京也看着秋内,露出了坏笑。原来他一直在装傻。

"怎么……你知道啊!"

"我从你来的时间猜到的。智佳给你打电话说什么了?"

"要是静君有空,我想叫着你一起去。"秋内逐字复述了智佳的话。

"我说我在打工,可能碰不上她,她说要是错过就没办法了。她最后还说待会儿见。"

"好了,不用汇报得那么详细。"

京也又将钓钩抛进海里。

"你平时和休息日都这么拼命打工,你赚那么多钱干什么啊?"

"交房租啊,还要支付山地车的保养费和改造费。"

"你是为了自行车而做自行车配送的?"

"你是想说这跟章鱼吃自己的触须一样吧。"

"你真懂我。"

"你的想法,我偶尔还是能猜到的。"

秋内握起拳头敲了敲肌肉结实的大腿。

"不过世界上也有特别喜欢吃自己触须的章鱼。"

秋内觉得这句话很有哲理,但京也只是哼了一声。

"你那辆自行车多少钱买的?"

"比你的钓竿贵二十倍吧。"

"我这根钓竿要五万多日元。"

"那就两倍。"

京也的老家在四国,他的父亲在当地经营机械工具贸易公司,虽然其并非全国知名,但在当地也算是相当有名的企业。秋内的家人不给秋内生活费,他只能自己打工赚钱维持自己的生活,而京也则每天都能悠闲自在地享受大学生活。所谓学生贵族,说的就是京也这种人。有一回,京也略显空虚地说:"家里太有钱了。"秋内不明白京也说这句话时为什么会露出那种空虚的表情,难道含着金汤匙出生的人也会有烦恼?

"你不开车吗？"想到有钱人，秋内想当然地问了一句。

京也摆弄着卷线器回答道：

"我没驾照。"

秋内感到有些意外，又有些高兴。

"你没驾照？我都不知道呢。呵呵。"

"你也没有吧？"

"没有。"

秋内没钱上驾校，更何况他从来没想过开车。他只需要一辆心爱的自行车就够了。

"你为什么看起来挺高兴？"

"没什么，只是觉得原来你也有不足之处啊。"

秋内说完，京也耸耸肩笑了。

"每个人都有不足之处。"

他的笑容有些空洞。

由于京也不再说话，秋内换了个话题。

"弘子去哪里了？"

"她说要去便利店，应该快回来了……啊，来了。"

秋内想：不愧是弘子的男朋友，京也肯定敏锐地察觉到了弘子靠近时微弱的脚步声。可是秋内回过头去看，却没有发现弘子的身影。他转回头来，看见京也拉起的鱼线上多了一条拼命挣扎的鱼。

"啊，浑蛋！挣脱了！"

鱼在空中挣脱钓钩,落进海里,激起了一大片水花,细长的身影轻轻一扭便潜入了海水深处。京也喷了一声,嘀咕着一串钓鱼专业术语,再次抛出钓钩。

"原来你说的是鱼啊。"

"在海边钓的不是鱼,是什么?"说完,京也看向秋内。

京也有个习惯,他经常在说话时直勾勾地看着对方的脸。他第一次跟秋内说话时就是这样。秋内每次碰到他的目光,都会忍不住心跳加速,总觉得他马上就要说很重要的事情了。然而,京也从未说过任何与"重要"沾边的话。连秋内这个男人都承受不住那样的目光,若换成女人肯定更糟糕。说不定这就是京也的女人缘儿好的原因。

秋内暗自决定:下次我也这样看着智佳。女人杀手的目光,就是我的武器!好,下次试试看!要是待会儿见到智佳,我就马上试试看!

"你要试试吗?"

听到这句话的瞬间,秋内绷紧了身体,他以为京也看穿了自己的心思,然而并不是。

"你可以用那个钓竿。"

京也对旁边的钓鱼包努了努嘴儿,包里还有一根灰色的钓竿。

"钓鱼?要不我也试试吧。嗯……不过这根竿比你手上那根粗好多啊。"

"这是投竿,用来连接二十克左右的铅坠,朝远处抛鱼线,在这里应该能钓到鲽鱼和六线鱼。"

"难不难抛啊?"

"挺难的。"

"那算了。"

没等他学会怎么抛鱼线,公司就该来电话了。

"对啊,公司怎么这么久都没有电话打过来?"

秋内看了一眼手机屏幕,没有来电记录。这样说不定真的能等到智佳。

"秋内啊,听说你爷爷最近身体不好,是吗?"

"嗯,他的胰腺有问题,正在住院。"

秋内的祖父秋内明夫在市里有一座大房子,祖母去世后,他就一个人住在那里。

"你为什么不跟爷爷一起住呢?那里离大学又不远,你干脆退掉现在租的破房子,搬过去住吧。反正你爷爷的房子很大。"

"情况很复杂。"

秋内说完,京也回了一句"这样啊",便重新看向海面。

秋内想:听到那种含糊的回答也不追问的朋友,或许是十分宝贵的。掌握人与人之间这种恰到好处的距离感,是京也的长处。

秋内家世代都生活在平冢市,但是秋内的老家在宫城县仙台市,他也是在那里出生并长大的。秋内的父亲不顾祖父的反对,跟仙台某烤肉店老板的独生女结了婚,还继承了店铺。后来,父亲和祖父几乎没有再联系过。两年前,秋内考上了平冢市的相模野大学,父亲也没有联系祖父。

但是半年前,祖父突然出现在了秋内租的公寓门前。原来他是从一个亲戚口中偶然听说了秋内现在的住址。那是秋内第一次见到祖父。在此之前,他只知道"父亲身为家中独生子却私自离开家,祖父一怒之下与其断绝了父子关系"的往事。秋内还以为祖父是个特别保守的老顽固,然而他并不是,甚至完全相反。

那天祖父出现在出租屋门口,上身穿着黄色风衣,下身穿着一条大腿和膝盖破了洞的牛仔裤,鼻梁上还架着一副白色的粗框眼镜,打扮得特别年轻。祖父一看到他,就叹了一口气,随后露出灿烂的笑容,就像小孩子得到了新游戏卡带。

"哎哟,长得好像啊,这真是……"

秋内还在拼命思索问候的话语,祖父已经像说唱歌手一样,整个上半身往后仰,好奇地把他从头到脚打量了一遍,期间还不断重复"哇""哎哟""厉害了"。

后来,祖父就不时到秋内的出租屋去看他。秋内不打工的时候,也经常到祖父家里坐坐。祖父会招呼他一起打游戏,请他吃特别高级的生火腿。但是,由于祖父下了封口令,秋内的父母还不知道这件事。秋内也劝过祖父,说他们该和解了,然而祖父坚决不同意,每次都说"我才不要"。

后来,秋内劝得烦了,就没有再提起过这件事。

"上回我去看他,他说下次再叫大家一起烧烤。"

秋内从滚烫的水泥地上捡起小石子儿,扔进了海里。

"跟上回同样的人?"

"对,他很喜欢上次去的那几个人,说不定出院了会直接打电话给你们。"

"你爷爷跟我们每个人都要了电话号码啊……你笑什么?"

"没什么。"

一想起三个月前他们曾一起在祖父的院子里举行烧烤聚会,秋内就忍不住露出微笑,因为经过那次活动,智佳和秋内似乎走得更近了。

"偶尔叫几个女孩子来喝酒啊!"

有一天,祖父突然这样对秋内说。因为他自己不认识年轻女性,便让秋内带几个女大学生过去,可是秋内哪有一叫就来的女性朋友啊。他左思右想,给京也打了电话。京也离开了五分钟,重新联系他时,已经约到了弘子和智佳。

几天后的星期日,秋内、京也、智佳、弘子一起来到秋内祖父的院子里,大家一起喝酒吃肉,玩了很久。为了那一天的聚会,祖父专门买了打酒器和烧烤炉,这让秋内十分吃惊。更让他吃惊的是,"休息日的羽住智佳"竟然特别开朗健谈。听了秋内战战兢兢说出来的笑话,她都会捂着肚子大笑,还会用机智而犀利的话语调侃京也的性格,积极回应弘子说起的往事,并且游刃有余地回应祖父的搭讪。那是他第一次看到"休息日的羽住智佳",也是第一次如此轻松地与她交谈。虽然仅此一次,秋内还是把那一天珍藏在心里。

"哎,来了!"

听到京也的声音,他赶紧看向海面,但是钓竿没有动,反倒是渔港入口传来了弘子的笑声。

"我以为又是鱼。"

"是鱼才更好啊!不过,她怎么跟椎崎老师的孩子在一起?"

弘子向太阳暴晒着的堤岸走来,旁边有个小小的身影,还有一个更小的褐色影子。

"连狗都带来了。"

椎崎老师是在大学教微生物学的椎崎镜子副教授。那孩子是她十岁的儿子,狗则是她家的宠物狗。孩子叫阳介,狗叫OB。

"哎,怎么秋内君也来了?"

弘子小跑着过来,雪白的大腿一前一后地晃动。

"智佳给你打电话了?"

"嗯,是的。"

秋内装出一副很正常的样子,心里想起智佳打的电话,已经情不自禁地笑了起来。"要是静君有空,我想叫着你一起去。"嘿嘿。"我想叫着你一起去。"嘻嘻。"我想一起……"呵呵。

"哦……"

弘子从塑料袋里拿出罐装咖啡,分别递给京也和秋内,然后蹲下来,打开了自己的罐装绿茶。她穿着短裙和蓝色短袖上衣,看起来十分清凉。清凉倒是没什么,只希望她不要蹲在地上。秋内克制着本能,抬起了脸。然而视线马上又被吸引下去,这回他干脆强迫自己仰起了脖子。海风撩动弘子的及肩长发。弘子五官温和,脸上总是带着笑意。与之相反,智佳的笑容却十分可贵。

"好热啊……"

弘子揪住上衣领口给自己扇风。秋内不知该往哪里看,正好阳介和OB走过来,他就看向了孩子和狗。

"阳介君,你好呀!"

"你好!"

阳介做了个立正的姿势,然后向他鞠了一躬。弘子回过身,拍了拍阳介的头。

"我从便利店里出来,正好看到他,就带回来了。"

阳介看了一眼弘子,耸起小小的肩膀。

"我牵着狗在海边散步,却被这个人绑架了。"

"你在学校不会被别人说言行太嚣张吗?"京也拿起罐装咖啡,问了一句。

阳介歪着头,一脸认真地思索片刻,然后回答:

"会,我被说过六次。"

"都是同一个人?"

"不,都是不同的老师。"

"还是老师啊……"

京也看向海面。

椎崎镜子住在一座独栋小楼里,小楼在大学附近,步行就可以到达,因此他们会不时地碰到阳介。不愧是一本正经的副教授的儿子,阳介的言行举止都颇为成熟。然而,成熟的只是思想,阳介的身体却十分矮小,他在同年级的学生里也算比较矮的。他跟母亲一样皮肤白皙,有两只大眼睛,瞳色很浅,给人很深刻的印象。

"今天椎崎老师去哪儿了?"秋内拉开易拉罐的拉环,问了一句。

"在学校,她说有很急的工作。"

阳介平时跟镜子一起生活。去年,镜子跟丈夫离婚了,原因不明。

"椎崎老师休息日也要工作啊!"

"因为她是职业女性……啊,OB!"

阳介一不留神松开了红色的狗绳,OB突然跑起来。小狗可能闻到了鱼腥味,把头伸进京也的冰盒里,使劲儿嗅闻。

"不行!"

阳介拾起狗绳,轻轻一拽,OB马上回到小主人的脚边,老老实实地坐了下来。它可能害怕主人生气,可怜巴巴地抬头看着阳介。

"你小子很懂事啊,还知道听这个怪小孩儿的话!"

京也伸手去摸OB,小狗却露出凶狠的表情,躲开了他的手。

"OB有点儿认生,只让我和妈妈摸。"

"哦,这样啊。"

"妈妈可能希望它变成一条'obedient dog',才给它取名叫OB的。"

"哦,你说的是什么呢?"

"英语单词啊。你们学校没教过这个单词吗?"

"没有。"

后来秋内回忆起这段对话,特意去查了字典,才知道"obedient dog"是"忠犬"的意思。

"阳介君,你要喝吗?智佳还没来,不喝就被太阳晒热了。"

弘子从袋子里拿出一罐饮料。

"这是什么?啊,咖啡!对不起,我不能摄入咖啡因!"阳介说着,眯起眼睛笑了笑,"但是谢谢你!"

"但是谢谢你!"京也马上扬起眉毛,学了一句。

这时,秋内突然扭过头。

"弘子,你怎么买了四瓶饮料?"

"那还用说吗?一共有四个人……"

弘子突然沉默了。

难道……对了,肯定没错!

奇怪的沉默后,秋内开口道:

"弘子,你刚……刚才给羽住同学打电话时,说什么了?"

"啊？我说什么了？"

"比如,让她叫上我……"

"没有,真的没有!"

弘子一脸无辜地摇头。秋内看着她,暗自叹息一声。看来智佳打电话邀请他,是弘子的安排。弘子已经通过京也知道秋内对智佳有好感,她想必是打算帮他一把吧。

"你也不用这么替我着想……"

秋内说完,弘子露出了为难的表情。京也在旁边又重复了一遍刚才那句鹦鹉学舌的话:

"但是谢谢你!"

秋内正要对京也说什么,却发现阳介从他的钓鱼包里拿出了灰色的钓竿。

"借我用一用!"

"喂,不准乱动!"

"我开口借了呀,不算乱动!"

阳介拉长钓竿,动作娴熟地穿好鱼线。他不理睬京也的抱怨,穿上铅坠和鱼饵,"咻"地把钓竿甩了出去。大约五秒后,远处的水面激起了一片小小的水花。

"啊,你抛了那么远!"秋内佩服地说道。

阳介微微地耸耸肩。

"又不需要用力,只要把握好钓竿的韧性就行。"

"哦……"

秋内抱着胳膊沉吟片刻,突然发现握着钓竿的京也和阳介身上穿的都是紫色的T恤。他想调侃"你们是一对",又担心阳介觉得他幼稚,便没有说。

"阳介君喜欢钓鱼啊!"

弘子站起身,走到阳介身边,蹲了下来。阳介竟然没有马上低头看,果然还是个小学生。

"还行吧。我偶尔会在休息日到对面的堤坝上钓鱼。"阳介指了指远处的堤坝。

这个渔港一面是堤岸,一面朝海,堤岸两侧的堤坝伸向海中。秋内他们现在就在其中一侧的堤坝上。

"那边有渔业协会新盖的仓库,那里有很多船员,他们教了我许多钓鱼的方法和窍门,还有怎么看潮。"

上大学的秋内都不确定自己能张口说出"船员"这种不常用的日语词汇,对看潮,他更是一无所知。

"你平时都能钓到什么鱼呢?"

"不同的季节有不同的鱼。现在洄游鱼来到这片海域了,可以用鱼皮假饵钓小体形的鲕鱼和脂眼鲱,如果运气好,还能钓到竹荚鱼。"

"哇,你很熟悉鱼类啊……"秋内再次感叹道。

阳介煞有介事地回答道:

"将来我要学习海洋知识,不仅是鱼类的知识,还有其他知识,比如海洋的水质,还有涨潮和退潮。"

"现在就为将来做打算了?那你一定报了补习班吧?"

"我才不去补习班呢!那只是向孩子家长贩卖梦想的生意!"

"啊,好厉害!这孩子真是独具慧眼!"秋内暗自称赞。

阳介的目光转向海面,兀自嘀咕道:

"听说月球引力会让海水时深时浅。"

"啊,这个我知道,我也听说过。"秋内附和道。他记得在电视上看过相关知识的介绍。

阳介继续说道:

"地球自转的离心力,与月球和太阳的引力相互作用,形成了潮汐。上回我在书上看到了这个知识点,觉得特别厉害。月球和太阳明明离我们那么远,却能改变海水的深度。"

"是啊,是挺厉害!"

秋内抱着胳膊,凝视天空。自然真伟大,真不可思议!他用眼角的余光看到弘子抬手遮住了嘴。

"恭喜你啊,交到好朋友了!"京也凑到阳介旁边嘀咕道。

此时,秋内口袋里的手机响了起来。屏幕上显示出"ACT"的字样,看来是接到单了,短暂的快乐就要结束了。

"辛苦了,我是秋内。"

"阿静,去接第五单吧!客人很急,你要在十五分钟之内过去。"

听阿久津报完收件地址,秋内马上站起来,跨上了滚烫的座包。虽然没等到智佳很可惜,但他也松了口气,因为他仔细一想,若是"休息日的羽住智佳"真的来了,看见因打工而满身臭汗的他,那场面也挺尴尬的。

"那我回去干活儿了,回头见!阳介君和弘子,回头见!"

"嗯,再见!"阳介点点头,对秋内露出了然的笑容。OB在他的脚下兴奋地甩起了尾巴。

"啊,秋内君,真对不起,是我多管闲事,害你白跑一趟!"弘子向他道歉。

"但是谢谢你!"京也没头没脑地接了一句。

秋内蹬起山地车踏板,离开了渔港。

前往收件地址时,秋内想:会不会在路上碰到智佳?他的心中有些期待,又有些不安。他很想见智佳,可身上满是臭味。他很想看看智佳的脸,可自己满头大汗。

他听见声音了——应该没错!

声音再次响起——这次真的不会有错!

秋内同时握紧两边刹车,猛地回过头。他刚才经过的那条热浪翻腾的岔路一角,飘浮着一道洁白的光芒。

"啊,你接到单子啦!"

智佳身披一片白色光芒,抬起一只手遮住阳光,眯着眼睛走了过来。单薄的粉红色T恤、牛仔裤和运动鞋,这是休息日羽住智佳的打扮。

"对不起,我吹头发花了好长时间,所以来晚了。"

"头发?"

"给静君打电话时,我刚洗完澡。"

"洗澡!洗澡!"秋内在心中呐喊。

"弘子他们还在渔港吗?"

智佳慢慢地走了过来。

"嗯,他们还在。"

秋内突然被一种恐惧感侵袭。智佳刚洗完澡,而自己却满身大汗。两个人的身体不能再接近了。秋内曾经无数次陶醉在智佳经过时留下的香气里,深知体味传播的距离甚远。

"你别靠过来!"

秋内跨坐在山地车上,像举盾牌一样抬起了手。智佳在离他掌心大约一米的地方停下了脚步,疑惑地皱起眉头。

"怎么了?"

"你不能过来!"

"为什么呀?"

秋内想不出搪塞的话,只好如实回答:

"我身上都是汗臭味!"

"咦?不臭啊。"

智佳一脸认真地凑了过来,秋内按捺住心中的惨叫,上半身向后倾斜,继而失去平衡,撑住地面的脚打了滑。

"小心!"

智佳迅速拉住了他的手臂。他第一次触碰智佳的手,没想到在这样的炎炎烈日之下,她的掌心还是那么凉！原来这就是女生的手,这就是智佳的手！周围的景色顿时被白光笼罩。这是错觉吗？他眼睛出问题了？不,好像是他的意识在远离他。意识逐渐模糊时,秋内听见了智佳的声音。刚开始,她轻声惊呼,继而是若有所思的沉吟,最后淡淡说道：

"嗯,是有点儿臭。"

（三）

与智佳道别后,秋内又连送了四单,还抽空回家换了件衣服,才折返渔港,此时已经过了将近两个小时。

"太可惜了……"

渔港没有人,京也他们的自行车和钓具也不见了。难道是大家一起去找凉快的地方休息了？秋内拿出手机,给京也打了电话。

"真可惜……"

电话没打通。秋内决定放弃见他们,继续专心打工。打工本来就应该专心。他收好手机,在水泥海堤上掉了个头。就在那一刻,他又有了一个想法。

"莫非……"

秋内骑向在渔港一角的渔协仓库。那是一座巨大的长方形水泥建筑物,正面安着几扇铁拉门,有点儿像旧时的排屋,里面都是十平方米大小的仓库。去年,海堤旁又新盖了气派的仓库,渔业人士全都搬去了那边,因此这座旧仓库几乎没人用了。若问秋内为何到这里来,是因为他想起京也曾经说他跟弘子在里面做过一些事情。他猜测,京也他们可能就在那里。

"唉,怎么可能在这里呢?"

车停在仓库门前,秋内又改变了想法。今天智佳也在,他们不可能全都挤在仓库里。若是他们都在里面,那就有些诡异了。

就在他重新踩上踏板的瞬间,手机又响了。

"小静啊,第九单!今天好忙啊!"

"在哪里?"

这下子他真的只能专心打工了。

"这个地址很少见哦,不过小静很熟悉那里——相模野大学。"

"那不是我的学校吗?"

"没错,委托人是微生物学研究室的 B 崎镜子。"

"B 崎?"

"开玩笑,是椎崎。"

"啊,那不是我的老师吗?"

那也是阳介的母亲。

这是他第一次接到镜子下的单。看到自己的学生过去收件,她肯定会大吃一惊。秋内期待着那一刻。

"哦,真的吗?那就不用告诉你研究室的具体地址了吧?货物是一个 2 号信封,必须在 4 点前送到,委托人实在脱不开身。"

"送到哪里?"

"一个什么研究所,从大学骑车过去要三十分钟。B 崎老师会告诉你详细地址。"

秋内看了一眼手表,三点十分,从这里骑到大学要十五分钟。

"知道了。"

"她的声音特别好听。"

"她不只是声音好听。"

秋内离开渔港,骑着车,在沿海县道上走着,中途向右转弯,然后便是通向大学门口的笔直双向两车道。可能因为离车站近,路边停着很多车,秋内无法像在其他道路上那样一路向前冲。实在没办法,他只好上了人行道。

然而人行道上也有很多行人,他们还用鄙夷的目光盯着骑车在人群中穿梭的秋内。他的目光尽量不与那些人的目光接触,然而没等他骑出去多远,前方就出现了一群幼儿园的孩子,他们人数特别多,有的挎着水壶,有的背着小书包,应该是要去参加远足。

"早知道就走小路了……"

秋内叹了一口气,因为他不能在小朋友的队伍中间穿行,只好从车上下来,推着车跟在队伍后面走。

前方出现了"尼古拉斯"家庭餐厅的招牌。秋内想：京也他们可能在里面。相模野大学的学生经常聚集在"尼古拉斯"，秋内和京也下课后也常去那里吃饭。京也他们的自行车说不定就停在餐厅旁边。

他呆呆地想：要不去看看吧？

前面那群小朋友"咿咿呀呀"地唱起了奇怪的广告歌，消失在街道的拐角处。很好！秋内在心中猛拍一掌，再次跨上山地车。

就在这时，秋内瞥了一眼马路对面，他在马路右侧的人行道上发现了混在人群中的阳介和OB，他们好像还在散步。

"喂！"

秋内喊了一声，但正好有卡车经过。阳介似乎没有听见，并没有什么反应。他在干什么呢？只见阳介站在人行道中间，低头看着旁边的OB，好像在嘀咕着什么。周围的行人见他挡路，都皱着眉头绕开了。

那一刻，秋内发现OB有些奇怪，阳介似乎也注意到了。OB的屁股贴在地上，不知为何，就是不愿意走。阳介依旧念念有词，还拽了一下狗绳。OB被拽得摇摇晃晃，但还是不愿意站起来，反倒打了个大哈欠。

"去吗？"

他听到熟悉的声音，回过头去，发现弘子出现在"尼古拉斯"的门口。"尼古拉斯"一楼是机动车和自行车的停车场，二楼是店铺。弘子的身影出现在台阶上方,她对面站着身穿紫色T恤的京也,两个人背后还有智佳。

他们三个人正好从店里出来,一起走下台阶。可是京也突然抱起挎在肩上的钓鱼包,飞快地跑了下来。那家伙在干什么?京也跑到台阶中段的平台上,像端步枪一样朝空中举起了钓鱼包,几只停在电线杆上的麻雀被惊得飞了起来。京也大笑几声,得意扬扬地看着麻雀飞走。

"那家伙果然是个蠢货……"

正在这时,秋内突然听到了低沉的吼声。他再次看向马路对面,发现刚才赖在地上的OB突然换了一副模样。它转身朝向"尼古拉斯"的方向,尾巴竖得笔直,头高高抬起,耳朵朝向前方,龇牙咧嘴。

"啊……"

OB突然冲了出去,红色狗绳猛地绷直,阳介瘦弱的身体宛如被大风掀起,不受控制地向前倾倒。OB冲向马路对面,一跃跳下车道,贴着大型卡车的车头狂奔过去——不,跑过去的只有OB!

无比尖厉的刹车声连接着一声钝响,卡车猛地震了一下,彻底停住了。卡车后面响起一连串刹车声,有人大喊起来,接着是许多人的喊声和尖叫……

然后,世界完全静默了。

秋内已经扔下山地车跑了起来。他撞到了前方的行人,对方的眼镜掉在地上。秋内既没有帮他拾起来,也没有道歉,而是不顾一切地向前奔跑。他只能看见OB。OB站在路中间,脑袋上下摇晃,不断发出宛如警笛的叫声。他看不见阳介。阳介在哪里?他知道阳介在哪里。OB的项圈还连着红色狗绳,狗绳的另一端没入了卡车下方。

面无血色的卡车司机叫喊着听不清的话,从驾驶室里跳了出来,趴在地面上。那是个身穿工作服的中年男人。他钻进了车底,几秒钟后,又爬了出来。他双手抱着阳介,阳介没有动弹。

司机发现了缠在阳介右手上的狗绳。狗绳在卡车右前轮底下转了个弯,连着OB的项圈。司机继续大喊着,秋内听不清他叫喊的内容,司机边喊边面目狰狞地松开阳介手上的狗绳。

"救护车!"

司机总算喊出了能让人听明白的话。一直站在马路中间低吼的OB仿佛接到了暗示,突然跑了起来。它穿过人群,消失在建筑物背后——可是没有人注意到它。所有人的目光都集中在阳介那无力低垂的纤细手脚和小小的身体上。

***

"你怎么想?"

坐在玻璃茶几另一头的京也捧起白色杯子,慢悠悠地喝了一口,双眼始终凝视着秋内。弘子在他旁边低着头,像人偶一样纹丝不动。智佳坐在秋内旁边,恐怕她的状态也跟弘子一样,然而,秋内没有勇气转头看她。

"我没什么想法,因为一切都很莫名其妙,所以我才想让大家一起重新思考……"

"砰!"茶几猛地滑到一边,显然是被京也踢开了。透明桌面上的三个杯子也跟着猛地跳了一下,洒出黑色水滴。好在,杯子都没有倒。

"你根本不是在想,而是在谴责,对不对?你认为我们中间应该有个人要负责,有个人害死了阳介!难道不是吗?"

秋内没有回应。

京也压低声音,隔着茶几凑了过去:

"你说啊,不是吗?"

秋内迎着他冰冷的目光,默默摇头。那个动作让他的脑袋一阵抽痛。他淋了雨,可能要感冒了。他的头发还湿着,衣服也一直没干,水滴顺着脸颊滑落下来。

"请各位保持安静!"店主的声音响起。

他看向柜台,只见店主坐在一张吧凳上,两只小小的眼睛正盯着他们。那个表情不像在警告客人保持安静,倒像是在看戏。

"对不起,不小心碰到桌子了……"秋内低头道歉。

店主阴沉地回答道:

"谁都有不小心的时候。"

他坐在吧凳上转过身,背向了秋内那一桌。

"你不觉得那个人有点儿奇怪吗?"智佳凑到秋内旁边,小声地说道。

"我们还是出去吧!"

"为什么?"

"我也说不清楚,就是觉得他很奇怪。如果静君一定要谈那起事故,也可以谈,只是我不想在这里……"

"我们没有伞啊!"

秋内看着窗外的河。雨还是那么大,河里浑浊的激流似乎又向上涨了一些。

就在这时,弘子发出了惊呼。刚拖回京也踢开的茶几的她,呆呆地盯着地面上的一个点看着。

京也顺着她的视线看过去,疑惑地扬起了眉毛。

"这是什么?"

他弯下身,从茶几下拾起一个小东西。那东西在他的手上,折射着来自天花板的灯光。

"戒指?弘子,这是你的吗?"京也问了一句。

弘子摇摇头。

"这是智佳的?"

"我不戴戒指。"

当然,那也不是秋内的东西,大概是其他客人掉在这里的。

"这东西看着挺贵啊。弘子,要不你拿走吧。"

"啊?我不要……"

尽管秋内并不熟悉首饰,也能看出那只戒指确实很精美,应该是银的。戒指宽度约为五毫米,表面布满了精致的雕花。不,那可能不是雕花,而是浇铸的花纹。秋内凝神细看京也手上的戒指,虽然隔着茶几看不太清楚,但也能勉强分辨出几只四足动物的花纹。

"哦,原来在那里啊!"

不知何时,店主来到了他们旁边。

"我找了好久!"

他伸出了细纹密布的手掌,京也狐疑地看了看他,最后还是把戒指放了上去。店主高兴地把戒指放进了黑色马甲的口袋里,然后转过身,准备离开他们的座位。

就在那一刻,秋内开口了。

"那个戒指……"

店主侧过脸,露出微笑。

"这是所罗门之戒。"

"所罗门?"

秋内强忍着想站起来的冲动。其余三人似乎不懂对话的意思,困惑地面面相觑。

"可是所罗门之戒……"

"只是开玩笑。"店主打断了秋内的话。

"只是开玩笑罢了。"店主重复了一遍刚才的话,然后悄无声息地走向吧台,他佝偻的背影渐渐走远。

秋内的脑海中响起一个声音：

"我们到现在都没有研究出所罗门之戒。"

那天，秋内找到动物生态学家间宫未知夫询问事故的问题，对方叹着气这样说道：

"若是有那枚戒指，很容易就能找到答案。"

第二章

（一）

　　第二天，报纸的本地版面报道了椎崎阳介的事故。京也把报纸拿到学校，在第一节课上课前给秋内看了。《宠物犬冲出马路致使主人发生车祸》，文章以这行字为标题，内容十分简短。

　　"后来你们也被警察问了很多问题吗？"

　　"嗯，但我们提供不了多少信息，因为我们没有目击事故是如何发生的。"

　　"啊，真的吗？"

　　秋内抬头看着他。

　　"我还以为你和弘子她们都看到了。"

　　昨天，秋内把阳介出事的消息告诉了镜子。当时在场的京也、弘子、智佳和秋内都不知道镜子的手机号码和办公室电话号码，于是秋内就骑着山地车赶到了她的办公室。现在回想起来，阿久津应该留下了镜子的联系方式，他只要打电话给 ACT 就能查到。可是他当时脑子一片混乱,完全没想到这个方法。他只顾奋力蹬着自行车,匆忙地赶到了大学。从秋内口中得知事故的消息后,镜子的脸顿时失去血色,她马上联系了警局,询问阳介被送到了哪家医院。接着,镜子挂断电话,又打给出租车公司,紧急叫了一辆车,随即跑出研究室。秋内想到警方可能会向目击者收集事故的信息,便马上返回了现场。等他到达时,京也他们已经离开了。秋内被身穿制服的警员叫住,询问是否清楚事故经过。他表示目睹了出事的瞬间,警员立刻露出感激的表情,进一步询问了详细信息。

"你们当时不是刚从'尼古拉斯'走出来吗?你们应该看得很清楚吧……"

京也摇摇头。

"我们没有看到出事的瞬间。我当时在台阶上闹,突然听到了刺耳的刹车声。我们三个人都吓了一跳,便跑下来查看情况。我们都不知道究竟发生了什么事,只看到顺行车道上挤满了车,因为有卡车挡着,我们看不到逆向车道发生了什么。"

"哦,原来'尼古拉斯'那一边车道上的车辆发现出事,都停下来了啊。"

"没错,我们在原地愣了一会儿,就看见阳介被人从卡车底下拉出来,然后他的狗拖着狗绳跑了。直到那一刻,我们才知道发生了什么事。"

秋内回忆起事故发生的瞬间。OB 猛地冲出去,阳介拉不住它,被拽着跑了,紧接着是响彻云霄的刹车声,还有与刹车声同时发出的钝响。

"你们没看到算是幸运了,我可能一辈子都忘不掉……啊,早上好!"

弘子从京也另一侧探出头来,小声回了句"早安",很快便抬起头来,看向京也。

"京也,你昨晚怎么没给我打电话?我等了你好久!"

"啊,抱歉,我忘了!"

"我一直想着阳介君的事故,心里特别害怕,一个人……"

弘子可能有点儿介意秋内在场,没有把话说下去。

"我去买些饮料。"

"不用了,秋内。"

京也拉住秋内的后衣领,让他回到座位上,接着转向弘子。

"你可以打给我啊!"

"我打了,可是你一直在通话!"

瞬间,在场的人都沉默了。

接着,京也叹息了一声。

"啊……是我爸,昨晚他打电话给我,叫我中元节回家。"

"你跟你爸打了那么久的电话?"

"我爸又说起了公司的事情啊,说该给我讲讲公司结构什么的了,然后我们照旧吵了起来,他让我继承公司,我说不要,来来回回地吵了好久。"说完,京也重新看向弘子。

"就是这么回事,真对不起!"

弘子哼了一声,盯着京也看了一会儿。

"京也,那个……"

弘子正要说什么,正好智佳走进教室,叫了她一声。她立刻露出笑容,回过头去,开朗地打了声招呼。那个瞬间,智佳猛地停下脚步,接着又大步走了过来。她直直地看了弘子一会儿,然后转向京也。

"你做了什么?"

智佳的态度就像大哥哥在保护受欺负的妹妹。京也少见地动摇了,但是没等他想到怎么回复她,弘子先开了口。

"他没做什么,只是说起了昨天阳介君的事情。"

"没错,京也带了今天的报纸。你瞧,就这儿!这一栏!"毫无关系的秋内也忍不住拿起报纸帮腔道。

智佳看着报纸。

"只有这么短的报道啊……"

智佳抿着嘴,盯着课桌上的报纸看了一会儿。

"羽住同学今天去参加阳介君的守夜吗?"

"我打算去,弘子呢?"

"我也去!"

弘子说完,看了一眼京也,京也点点头。

"我也去,要不咱们四个人一起去吧?"

"我们两个人单独去吧?"弘子突然对京也说。

"为什么？四个人一起去不行吗？"京也轻笑着问了一句。

弘子却抿紧了嘴，似乎在犹豫如何回答他。众人沉默了片刻，最后她无奈地叹了口气。

"那就一起去吧！"

她离开京也，向教室后排座位走去，独自在最里面的座位上坐了下来。京也一直看着她走过去。智佳看了看两人，似乎想说些什么，可最后还是默默地走到弘子旁边坐下了。弘子一言不发地翻开教科书，放在课桌上。

"你跟弘子怎么了？"秋内小声地问京也。

"没什么。"京也有气无力地坐了下来。

"没什么？真的吗？可是弘子有点儿奇怪啊！"

"哪有你奇怪！"

京也做作地挑起眉，显然是模仿秋内。

"你瞧，就这儿！"

"为什么你这个局外人也来帮腔啊？"

"刚才羽住同学的眼神实在太可怕了！"

"哦，那的确很可怕。"京也抱着胳膊点头道。

"看来她真的很关心弘子。"

"是不是她们在一起时间久了，羽住把她当成妹妹看待了啊？"

"应该不是。她是为了避免弘子犯下她高中时犯过的错误。"

"你说什么呢？"

秋内一脸八卦地凑了过去，京也毫不掩饰地露出嫌弃的表情。

"我也不太清楚。她高中的男朋友好像对她特别差。"

"有多差？"

"跟你说了我不太清楚，应该是那个男的出轨了吧。智佳安慰完弘子……"

京也握紧拳头，凑到秋内近前。

"转头把她男朋友揍了一顿。"

"揍了一顿？"

"在教室。"

"在教室？"

"你是鹦鹉吗？"

"鹦鹉？"

"白痴。"

秋内忍不住看了一眼智佳。智佳正在看教科书，察觉到他的目光后抬起了头。没等两人的视线交汇到一起，秋内就慌忙看向了京也。智佳竟然揍男人，而且不是为了自己，是为了弘子……

"羽住同学真好啊！"

"我看你是没救了！"

就在那时，秋内突然想到了一件事。

"京也，你知道羽住同学揍的人叫什么吗？"

"叫什么？啊……好像叫木内。"

果然是这样！

他想起了弘子以前说过的话。智佳之所以管秋内叫"静君"，是因为她上高中时跟一个叫"木内"的男生"发生了很多事"，所以有些反感"秋内"的读音。秋内一直以为那个木内跟智佳交往过，两个人在交往过程中"发生了很多事"。看来他想错了，跟木内交往的人是弘子，他完全误会了。

"羽住同学自己可能还没有那种经验……"

"你说什么呢？"

"可是再怎么说也不可能完全没有吧……没错，不可能……"

阳介的守夜从晚上六点钟开始，地点在他家。

秋内、京也、智佳、弘子一起走进挂着白色灯笼的椎崎家。大门敞开着，可是一跨进门，秋内就感到周围的气氛变了，空气凝滞而厚重，充斥着几乎能触摸到的悲伤，啜泣声在悲伤的空气中回响，有大人的哭声，也有孩子的哭声。

吊唁的宾客中也有相模野大学的学生和教师。秋内朝他们含糊地点了点头，缓缓走向里屋排队上香。

阳介躺在棺材里，面容干净整洁。虽然发生了如此悲惨的事故，但是孩子的面部并未受损，只是皮肤的颜色比生前苍白了一些，就像小小的塑料人偶长出了头发和眉毛。

阳介的母亲镜子身着黑色和服,静静地端坐在祭坛旁。每次宾客上完香向她低头行礼,她都用精确的动作缓缓倾斜上半身回礼,而且,她始终只有这个动作。

上完香,秋内一行人很快离开了椎崎家,他们无法在里面待太长时间。

其实,秋内想问问镜子昨天那个自行车配送的订单怎么样了。他昨天本来要去镜子的研究室拿资料,可是阳介出了事,他就完全忘掉了这件事。那些资料怎么样了呢?送过去了吗?

玄关门柱旁的带红色三角形屋顶的狗屋被笼罩在夜色中。

"OB到哪儿去了?"智佳看着狗屋,低声喃喃道。

"会不会已经找到了……有人知道吗?"

其他人都摇摇头。

昨天OB离开事故现场后,去了什么地方?有人找到它了吗?它会不会被别人收留了?

四个人默默地离开镜子家,站在昏暗的路上,全都不由自主地回过了头。天空中挂着一轮清亮的满月。

"月球和太阳的引力会让海水时深时浅。"

阳介谈到这个话题时,一点儿都没有显露出得意,只是表现得对这些知识很感兴趣。他还郑重地说,将来要学习海洋知识。他不是"想学习",而是"要学习",虽然这之间的差别很小,但它代表了截然不同的意义。秋内回想自己的人生,从小到大好像从未想过"要"什么样的未来。就算现在他扪心自问,恐怕答案也一样。

"如果没出事,阳介君将来应该能成为很厉害的学者。"

弘子好像也在思考同样的问题。

带西式三角形屋顶的狗屋沐浴在银白的月光中,宛如影雕。看着看着,秋内突然发现了一件事。

"OB的狗屋是这座房子的微缩版啊!"

椎崎家细长的红色三角形屋顶跟他们刚才看到的狗屋一模一样。房子共有两层,就像在长方形的建筑物上放了一个三角形的屋顶。

"阳介君的房间是哪个呢?"智佳自言自语道。

京也竖起细长的食指,指向二楼一隅。智佳凑到京也右臂旁边,看向他指的方向,她的脸正好在京也肩膀的位置。

"那里,二楼靠我们这一侧。"

"那他一开窗就能看见OB呢。"

"应该是。"

"阳介君跟母亲相依为命,一定是有了OB才不会感到寂寞吧。"

"我倒是没有狗也无所谓。"

智佳看向京也,几秒钟后,小声说了一句"对不起"。秋内一时没有明白京也说了什么,智佳为何道歉,但是他很快就想起来了。京也在很小的时候失去了母亲。他听京也说过,京也的母亲好像是因患肝癌而离世的。

"没什么,我没别的意思。"京也凝视着椎崎家的房子,简单地回答道。

"不过,如果要陪伴,人还是比狗更好吧!"

"阳介君在学校有很多朋友吗?"

"没什么朋友,应该说是没朋友。"

"京也君,你好像很清楚……"

就在这时,弘子在两人旁边发出了叹息声。

"我们走吧,站在这里也没用。"

秋内觉得她的话有些唐突,忍不住看了弘子一眼。弘子发现他的目光,抬手撩了一下头发,同时背过身去,她的表情好像有些僵硬。

"找个地方坐坐吧。大家都还没吃饭,不是吗?"

弘子再次回过头来,脸上已经恢复了温和的微笑。刚才那是怎么回事?弘子今天有点儿奇怪。

"周围有吃饭的地方吗?"

京也穿着丧服,他抱起胳膊想了想,黑色袖口露出的手表不是平时常戴的运动手表,而是换成了纤薄的银色手表,看起来很高级。秋内隐约分辨出表盘上刻着 RO 开头的单词。

"哦,对了,那边好像有个快餐店。"

京也走在最前面,四个人缓缓离开了椎崎家。

"京也,你说你昨晚跟你爸在电话里吵了一架,你们的关系还是很差吗?"

"能跟那家伙搞好关系的只有股东。"

"可是你只有你爸一个亲人,你们的关系这么差,你不觉得难过吗?"

"一点儿都不。"

"是吗?"

秋内想:那应该是谎言。

秋内还记得三个月前的事情。

"自己老爸要是那个样子,肯定很糟糕!"

他们在秋内祖父家玩闹了一通,回家路上,京也突然说了这句话。他们本来在谈论秋内的"祖父",可是京也突然说了"自己老爸",而且,他的表情还很落寞。

京也从来不愿意诉说自己的心事,那次可能因为喝多了,露出了毫不遮掩的表情,然而秋内太笨拙,一时没想到应该如何回应京也。

"自己老爸要是那个样子,肯定很糟糕!"

"是啊!"

他们的对话最终草草收场。

"明天天气怎么样呢?"

弘子仰望夜空,秋内也跟着抬起了头。满月如此清亮,明天一定是个晴天。

"弘子,你明天要做什么吗?"智佳问了一句。

弘子摇摇头说"没什么"。

智佳没有回头看她。

"我只是想,要是还没有人找到OB,还是不下雨比较好。万一被淋湿了,它该多可怜啊!京也,把你的手机借给我用用,好吗?"

"干什么?"

"看看网上的天气预报,我的手机没电了。"

"天空这么晴朗,你还需要看天气预报吗?明天肯定是晴天。"

"还是看看比较好。快给我嘛!"说着,弘子伸出了手。

"明天肯定是晴天,看看天空就知道了!"

京也还是重复了刚才的话,不愿意看弘子的脸。

"弘子,你用我的手机吧!"

秋内正要打破僵局,却被京也制止了。他从上衣口袋里掏出自己的手机,有些粗暴地塞给了弘子。弘子默不作声地接了过去,"噼噼啪啪"地按了起来,屏幕的白光照亮了她的脸。

"啊……是晴天……降雨率为零……"

弘子笑着说"太好了",先是抬头看了一眼,很快又看向手机屏幕,飞快地按了几个按键,然后合上了手机。

"谢谢!"

弘子把手机还给京也时,脸上突然出现了高兴的表情。她为什么如此在意明天的天气呢?

接着,四个人又沉默地走了一会儿。秋内不经意间抬起头,发现智佳已经走在了他的旁边。她的身上散发着阵阵柑橘的香气。那是香水味吗?

智佳穿了一身款式简约的黑色套装,脚上是一双低跟皮鞋,在被路灯光芒笼罩的路面上发出清脆的响声。这是秋内第一次见到她穿有跟的鞋,而且是他第一次看到智佳穿裙子。

"羽住同学穿裙子了!我看到羽住同学穿裙子了!"

好险,秋内差点儿就把这句话说出来了!如果他把这句话说出来,她肯定会觉得他很恶心。

秋内的视线从智佳脚下缓缓上移,微微突出的脚踝,紧致又柔和的小腿,膝盖有节奏地前后移动。他在心中对智佳的裙摆道了一声"初次见面",随后加快了目光移动的速度。圆形翻领上装饰着精致的刺绣,领口露出凹陷的锁骨,洁白的脖颈儿,纤细的下颚,她的嘴唇说话和微笑都会给他带来惊喜。她的头发配合着她的步伐在脸颊边轻轻晃动,其美丽的光泽让人惊叹。在秋内认识的女生中,智佳是唯一一个即使留着短发也足以出镜为洗发水做广告的女生。她的发梢下端闪烁着若隐若现的光亮——那是一颗小珍珠。他也从未见过智佳戴珍珠耳环。那是真的吗?

"羽住同学,原来你打了耳洞啊!"他鼓起勇气说了一句。

智佳伸手摸了摸耳垂。

"这是免穿孔耳环。打耳洞很痛,所以我没打。"

"那个真的很痛吗?"

"当然啊,要用一根针扎穿耳垂呢!弘子,对吧?"

智佳叫了一声走在前面的弘子。她回过头,她的耳垂上挂着银色的小金鱼。秋内记得那是京也送给她的圣诞礼物。

"我一点儿都不觉得痛。"

"真的吗?"

"嗯。"

"肯定是针的粗细不一样。"京也若有所思地插嘴道,"因为她打耳洞时用的是细针,所以不太痛。如果用烟花筒那么粗的针,肯定痛死了!"

京也说完,看向弘子,希望得到她的赞同。

弘子看着前方,回了一句:

"说什么蠢话呢!"

秋内惊讶地发现,弘子看起来竟然很高兴。只要男朋友京也对她说几句话,就能哄她高兴吗?就算京也面无表情,语气很平淡,她也能笑着原谅他吗?如果秋内说了同样的话,周围的人可能会把他当成变态吧!

(二)

快餐店很小,桌子上满是油污,明明是晚饭时间,店里却没几个客人。他们四个人挑了靠里面的座位,各自点餐。

"你真的很喜欢吃咖喱啊!"

京也每次在外面吃饭,必点咖喱,这次也不例外。

"昨天在'尼古拉斯'没吃到咖喱,今天我要补回来!"

京也翻开了从店里书架上拿来的汽车杂志。

"没吃到?卖完了?我记得菜单上有……啊,你上周还吃过呢。"

"菜单上有,以前也吃过,所以昨天又去了。"

"没吃到吗?"

"嗯。"

"除了咖喱,你还吃什么?"

"什么也不吃。"

"我们没落座。"弘子替他解释道。

"我们昨天跟智佳碰头后,先去了'尼古拉斯',但是没找到禁烟座位。当时店里正好来了很多客人,我们问店员是否有禁烟座位,他说座位暂时空不出来,所以我们就走了。"

说到这里,弘子看了京也一眼。

"京也不喜欢烟味。"

"烟草和性病是哥伦布带来的两大罪恶。顺便一提,这两种东西,我都不沾!"

京也特别讨厌二手烟,还说那就像在接受大叔的人工呼吸。

店员端来餐点,他们的对话暂时停了下来。

"你们昨天跟阳介君在哪里分开的?"秋内一边问,一边夹了一筷子套餐里的烤肉。

"在离开渔港的路上。"弘子回答了他。

"秋内君离开没多久,智佳就来了。我们聊了一会儿,后来因为天气太热,我们就决定找个凉快的地方待着。一开始,我们并没打算去'尼古拉斯',因为阳介君还带着OB,不能进店。"

"的确不能。"

"于是我和智佳就想,不如买点儿冰激凌,大家找个阴凉的地方坐坐。但是,我们和阳介君走出渔港后……"弘子说到这里,停了下来。

"我……我说我想吃咖喱。"京也一边嚼着咖喱饭,一边接过话头儿。

"原来如此!"

京也不是那种任性的人,但他确实不会照顾别人的情绪。

"于是我们就跟阳介君分开,三个人一起去了'尼古拉斯'。"

"那里不能带宠物,我就不去了。"

京也模仿阳介的语气说了一句,但是谁都笑不出来。连弘子也少见地瞪了他一眼。京也微微挑起眉毛,又往嘴里塞了一口咖喱。

"那就是离开渔港时……"

"他还活着。"秋内在最后一刻咽下了这句话。

"那是我最后一次见到阳介君……"

"嗯……那就是最后一次。"弘子回答道。

京也跟着点了点头。唯独智佳没有反应。自从走进这家店,她就没有说过话。莫非她想起了那场事故?她一直默默地吃荞麦冷面,似乎沉浸在自己的思绪中。

"分开时,阳介君说什么了?"秋内没有多想,随口问了一句。

"没说什么,就说了句'再见'。"弘子遗憾地说道。

"是吗?"

秋内听到阳介说的最后一句话,是在海堤上的那句"嗯,再见!"虽然他经常在学校附近碰到阳介,但那孩子终究只是一位给他上课的副教授的孩子,他与阳介私下没什么来往。秋内是一个大学生,阳介是一个小学生,他们之间没有过特别深入的交流。尽管如此,两人最后一次道别时的情景,还是深深地印在了秋内的记忆中。在那一刻,秋内认为那句话只是今后还会重复的无数次道别的话中的一次。阳介应该也这样想。

"对了,智佳最后好像跟阳介君说了几句话。你们说了什么?"弘子抬起眼问道。

这时,智佳的筷子停在了半空。她的面部皮肤似乎变成了橡胶,表情骤然消失。

"智佳?"问她的弘子也一脸困惑。

京也不再只顾着吃咖喱饭,他也抬头看着智佳。智佳盯着手上的一次性筷子看了片刻,然后缓缓地抬起头来,看着弘子。

"什么都没说。"

"啊?"

"我什么都没说。"

"哦,是吗?"弘子困惑地笑了,"那可能是我搞错了。我还以为智佳跟阳介君说了几句话呢!当时我跟京也先走开了,然后听见背后有人说话……"

"那是我叮嘱他小心点儿,"智佳打断了弘子,"我让他带OB散步时小心点儿,因为有的路上车很多。"

"这样啊……"弘子含糊地点点头,继续吃自己的饭。

京也没说什么,重新看向自己那份所剩无几的咖喱饭。智佳再次低下头,安静地吃着荞麦冷面。

怎么了?莫非弘子那句不经意的话,戳中了智佳的痛处?

谁也不再说话,于是秋内开了口,他想打破尴尬的沉默。

"京也,你之前是不是在'尼古拉斯'的台阶上打鸟?"

"打鸟?"

"像个小孩子一样,举起钓鱼包……我在下面看见你了。"

"哦,你说那个啊。昨天从店里出来的时候,我发现一排麻雀正在看着我,我就'开枪'了。"

"你好可怕啊!别人看你一眼,你就要'开枪'吗?"

"没错,看到我的'人'必须'死'。"

"但是麻雀跑了。"

"我就是要打散它们,然后挨个儿'杀掉'。就在那时,旁边突然传来了刹车声……"

京也沉默片刻,长叹一声,烦躁地说:
"别提昨天的事了。"

(三)

"那我回去了。"

他们吃完饭,在街上走了一会儿,弘子摇摆着黑色的裙子转过身来。他们站在一个十字路口,拐过弯,再往前走十五分钟,就是弘子的住处。

"不来我家吗?"京也问道。

弘子摇了摇头。

"算了,今天穿的是丧服。"

"那我送你回去吧。"

"不用了,我还要买点儿东西。"

弘子挥挥手说"明天见",随后消失在转角的另一端。高跟鞋的响声在黑暗中渐渐远去。

"她走得好突然啊。"秋内说道。

京也盯着弘子离去的方向,一言不发地点了点头。

"对了,京也,穿丧服有什么不好吗?"

"你说什么呢?"

"刚才弘子不是说今天穿的是丧服,不能去你家吗?"

"哦,那可能只是借口。"

"借口?"秋内反问的同时,发现智佳也在看着京也。

"她最近一直不想去我那里,不知道为什么。"

"为什么?"

"我都说了不知道啊,你连耳膜都是由大腿肌肉构成的吗?"

"你胡说什么呢!"

"我也不知道!"

京也从西装内口袋里掏出手机,面无表情地按了两三下键盘。他要给谁打电话呢?寂静的夜幕下,手机响起了待机铃声。

"喂?"

听到那个微弱的声音,秋内感到很奇怪,原来京也打给了弘子。

京也把手机放在耳边,轻叹一声。

"不是没电了吗?"

秋内暗自吃惊。对啊,弘子刚才说自己的手机没电了,所以才借京也的手机看天气预报。

他不动声色地侧耳倾听。弘子沉默了一会儿,接着传来了断断续续的说话声。他先是听到一句"对不起",后面就听不太清了。

"你说……我以为……"

"我猜就是这样……所以你偷看了我的来电记录?"

来电记录?原来如此!

"看完放心了吗？那就是我家的号码,对不对？"

"嗯……是……时间。"

秋内感觉自己在偷听朋友的对话,心里很不自在。虽然他的确在竖着耳朵偷听,但京也本来就应该走到旁人听不见的地方打电话啊。秋内想主动避嫌,便看了智佳一眼,只见她抱着双臂,靠在旁边的水泥墙上。她可能也在听他们的通话内容。实在没办法,秋内也模仿了她的动作。

"京也……真的很担心……"

"我知道。"

"一直……在想……"

"总之,我们下次好好谈一谈吧,现在秋内他们还在。"

秋内心想:你一开始就不该当着我们的面打电话!

连秋内都能轻易地想象到两人在说什么,那无非是早上教室那段对话的后续。

"京也,你昨晚怎么没给我打电话？我等了你好久！"

"是我爸,昨晚他打电话给我,叫我中元节回家。"

弘子没有相信他。她可能担心京也在外面有了别的恋人,所以才会谎称查看天气预报,偷看了京也手机上的来电记录。秋内从刚才的对话猜测,那应该是弘子想多了。

"……智佳好像……"

"那也难怪,时机太不凑巧了。"

他们又说了两三句话,最后京也轻轻合上了手机。他转向秋内和智佳,微微一笑。

"真抱歉,毕竟我这人太不可靠了!"

"你也辛苦了!"秋内随口感叹了一句。

智佳站直身子,转向京也。

"因为过去那件事,所以弘子很容易胡思乱想。"

"那件事是指后来发展成教室暴力事件的那件事吗?"

"对,就是那件事!"

"哦,那件事啊!"

秋内加入对话后,智佳露出了意外的表情。

"静君也知道?"

"你是说背叛了弘子的那个木内吧?我知道羽住同学因为那件事,才不愿意叫我'秋内'。"

"你连这个都知道了?"

智佳若有所思地移开了目光。

"对了,京也,刚才我好像听到羽住同学的名字了。弘子说智佳什么的……"

话一出口,秋内意识到自己第一次叫了智佳的名字,不禁心中一惊。不对,那应该不算叫她的名字。他飞快地瞥了一眼智佳,发现她正抬头看天,似乎没注意到那个变化。

"哦,弘子昨天也给智佳打了电话,她说一想到阳介的事故就很害怕,想找个人说话。"

"羽住同学陪她聊天儿了?"

他问了一句,智佳却没有看他,只是抬手拨了一下前额的头发,看着天空说道:

"我也正在通话。"

"哎呀,那弘子肯定更害怕了!"

"应该是。"

智佳转而看向脚下。

"真对不起她!"

"羽住同学跟谁打电话聊天儿了?"

"一个熟人。"

智佳的回答十分简短。是他问了不该提的问题,还是他提问的方式不对?秋内"哦"了一声,尴尬地笑了笑。

后来,秋内仔细想了想,如果那天晚上弘子看的不是京也手机上的来电记录,而是呼叫记录,他们会变成什么样?秋内自己、京也、弘子和智佳,是否会有完全不同的行动、经历完全不同的事情?

京也看了一眼手表。

"那我也回去了。你们一直往前走就到了吧?"

"你不也是往同一个方向走吗?"

"我打车回去……哦,你们要搭顺风车吗?到地方让司机停一下就好。"

"哦,可以吗?那好吧。"

不对,等等!秋内刚要上前,又缩了回来。

A男、B太郎和C子走在路上,A男独自乘车离开,那么剩下的是谁?

"我说,京也啊……"

不对,等等!秋内刚要上前,又缩了回来。

B太郎与C子走在一起,B太郎不太擅长逗别人开心,那么C子开心的概率有多高呢?

"很难啊……"

"你的脑子没问题吧?"

沉默片刻后,京也突然"啊"了一声,抬头看向夜空。

"不行,今天身上的钱只够起步费,捎着你们俩就不够了。不好意思,要不你们还是走路回去吧。"

"啊,可是京也……"

"那我先去打车了。"

京也挥手道别,转身就要离开,却被智佳叫住了。

"我能问个问题吗?"

京也转过头,朝她扬起眉毛。智佳顿了顿,然后再次开口。

"你跟弘子没事吧?"

"都跟你说了没事。刚才弘子只是看了我手机上的来电记录……"

"不是说那个。最近弘子不是不愿意去京也君那里吗?你刚才也说了。"

"反正没问题。"

京也目不转睛地看着智佳,那是让秋内这个男人都忍不住心跳加速的目光,智佳的身体明显地往后缩了一下。她为什么要退缩?当然,退缩总比凑近好。

"我们的关系很好。"

"那就行。"

"就这样,晚安。"

京也抬起一只手挥了挥,然后就离开了。头顶的路灯战战兢兢地闪烁着,飞蛾不断地撞向灯光,发出细微的响声。

"你担心弘子吗?"

"怎么说呢?"

秋内和智佳同时迈开了步子。

"弘子最近有点儿奇怪,每次我提到京也君,她就很想改变话题,但有时又突然说好多京也君的优点。"

"是有点儿奇怪。"

"以前那两个人是一对很亲密的情侣,对吧?可是最近……"

智佳停了下来,默默注视着前方的道路。一辆轻型卡车驶过,留下一串啤酒瓶碰撞的声音。等到汽车的声音消失,智佳才抬起头来。

"弘子最近跟京也约会时,总会叫我过去。"

"叫你?"

"昨天不就这样吗?她突然打电话给我,说他们在渔港,问我要不要过去。"

"啊,的确是。"

最后,秋内也去了渔港。

"以前弘子跟京也约会时,叫过羽住同学吗?"

"没有,因为她想多跟京也独处。"

"是啊,情侣一般都这样。"

他猜测应该是这样。

"刚才提出去吃饭的也是弘子,你记得吗?我还以为弘子想在守夜之后跟京也一起离开。"

"我也这么想。"

其实今天秋内多带了一些钱,他期待自己有机会请智佳吃晚饭。

"嗯……可是今天早上弘子说了相反的话。京也提议我们四个人一起参加阳介君的守夜,弘子说想和京也两个人去。"

"对,她说那句话,我也觉得很奇怪。"

"他们的感情会不会是进入倦怠期了?因此弘子不想跟京也独处,而希望别人加入,但偶尔也会想两个人单独行动。"

尽管并不了解男女之情,秋内还是做了个猜测。他说完之后,觉得自己说得有些道理。

"静君没听京也君说过什么吗?"

"没听过,那家伙本来就不怎么提自己的事情。"

这是真的。虽然算不上神秘兮兮,但京也的确是对自己的事有所隐瞒。

"感觉有点儿别扭呢。"

他们的对话就这么中断了,夜幕之下,只能听到两人的脚步声。秋内开始寻找话题,他不想谈京也了。不管他跟弘子之间发生了什么问题,那家伙最后肯定都能顺利解决,没必要担心他,现在最要紧的是找个活跃气氛的话题。

就在这时,智佳突然停下了脚步。秋内差点儿绊倒,他回过头去。

她怎么突然停下来了?莫非她要说很重要的事?

"你怎么了?"秋内强装淡定地问了一句。

其实,他的心里已经开起了小剧场:"那个,其实……我有句话要对静君说。之前一直说不出口,其实我……其实我……"

"我走这边。"智佳抬手指向 T 字路的前方。

"啊……"

"明天见。"

"嗯,明天见。"

他朝智佳笑着挥挥手,然后转向了另一边,径直走向自己的住处。迈出右脚、左脚、右脚、左脚。"我送你回去吧"这句话他怎么就说不出口呢?他怎么就说不出这么简单的话呢?

"对了!"

背后传来智佳的声音,秋内高兴地回过头去。

"怎么?"

"原来京也君也有包里没钱的时候啊！"

"啊？哦,对呀,真少见！"

没错,那是京也在照顾他。那个从来不照顾别人的京也故意演了一场蹩脚的戏,就是为了让他拥有这段时间。他不能浪费了朋友的心意……

秋内下定决心,终于开了口：

"我送你回去吧。"

说完之后,他才觉得这句话太突然了。刚刚还在谈京也的钱包,怎么突然就成了"送你回去"？但智佳并没有露出意外的表情,反倒轻轻地点点头,似乎得到了令她满意的回复。

两人漫步在幽静而阴暗的小路上,没有说话。不知为何,秋内觉得这样最好。晚风轻轻吹动着那条他戴不习惯的领带,感觉很舒服。那阵风还吹来了香水的气味。

"好香啊……"他低声呢喃。

智佳似乎没想到秋内在说她,朝着风吸了吸鼻子。

智佳住的两层小公寓建在一块高地上,建筑物外观整洁,白色外墙的一部分呈拱形,上面挂着"白色斜塔"的牌子。他觉得自己经常在高速公路附近看到名称相似的建筑物,但他很快就停止了思考。他看着智佳,准备跟她道别。他学着京也的样子,目不转睛地看着她,但是智佳没什么反应。

"那我就送到这里了。"

秋内道别后,智佳默默点了一下头。她白皙的脸在黑暗中仿佛散发着微光,因为机会难得,所以秋内又多说了一些话。

"明天你不去参加阳介君的告别仪式吗?"

"我不打算去,讣告上也写了'谢绝非亲属参加'。"

今天早上,阳介的讣告被贴在大学公告栏的一角,上面注明了守夜的时间,但只请亲属参加告别仪式,并没有注明告别仪式在哪个殡仪馆举行。

"谢谢你送我!"

"没什么。"

此时,秋内觉得智佳有点儿奇怪。怎么了?她注视着秋内的胸口,缓缓眨了几下眼睛。是他的错觉吗?智佳似乎抿紧了嘴唇。然后,他看到智佳的丧服圆领下露出的锁骨之间的小窝——微微凹陷了一点儿。

莫非智佳很紧张?可是,她为什么紧张呢?

秋内非常困惑,不知该作何反应。

于是,他等了一会儿。只见智佳微微张开的嘴又合上了。她吸了一口气?不对,她好像是想说话。她想说什么?好难受!他觉得自己无法呼吸。下一刻,秋内看到智佳再次张开了嘴。

"那个,我……"

她的声音很小,还有些沙哑。智佳真的很紧张。秋内屏住呼吸,等她继续说下去,但是智佳的嘴没有再张开。

不知何处传来了虫鸣声。

秋内感到自己马上就要窒息了。他开口问道：

"怎么了？"

"我昨天……"

秋内心中朦胧的预感瞬间消退，呼吸也畅快了一些。虽然他不再难受，但是智佳又陷入了沉默，于是秋内脑中渐渐充满了疑问。

昨天怎么了？

"对不起，没什么！"智佳突然垂下了双眼，"谢谢你，静君。晚安。"

不等秋内说话，智佳就转过身，走进了公寓大门。黑暗中响起钥匙串发出的声音，接着是大门开合的声音。

"晚安……"他对着空无一人的门口说道。

秋内转过身，像个突然在陌生环境中苏醒的人，茫然若失地往回走。他的鼻腔里似乎还残留着一丝柑橘香气。

走到半路，秋内拿出手机，拨起了电话。

"对不起，刚道别就给你打电话了！我一直在想羽住同学刚才说的话。昨天发生了什么事吗？"秋内深吸一口气，飞快地说道，"羽住同学，如果你信任我，能说给我听听吗？我真的很在意！我很关心羽住同学！不只是现在，我真的一直都很关心你！从第一次在教室见到你，我就一直这样！我一直在想，一直在想羽住同学……"

大约二十分钟后，秋内回到自己的住处，心情低落地按下了录音的播放键。

"对不起,刚道别就给你打电话了!我一直……"

他反复听着自己的声音,想象着自己真的对智佳说出那些话的场景。

(四)

"我昨天……"

秋内反复猜测这句话后面的内容,直到天快亮了才睡着。第二天早晨,他行尸走肉般骑车去了学校。他在教室里碰到京也,对方还是一副懒洋洋的模样,比平时更冷漠,秋内对他说话,他也只会回答"哦"或者"嗯"。他猜测京也大概是因为弘子的事烦恼了一夜,便问了他一句,京也的回答又是"哦",他就懒得再问了。

上午,他好几次想找智佳说话,可是心里还有些紧张,怎么都说不出话来。最后,他只说了一句"早上好",还有一句"刚才上课差点儿睡着了"。

智佳跟京也一样,突然变得很沉默,只对他哼了两声。

弘子没什么变化,看她上课时跟京也坐在一起,也不像闹了矛盾的样子。这两个人之间出现问题莫非只是智佳的错觉?

"对了,昨天我听京也说了,"上午的课结束了,秋内确定智佳离开教室后,叫住了弘子,"以前跟那个木内交往的人,是弘子,对吧?"

弘子正在喝香蕉奶昔,她咬着吸管抬头看了他一眼,只露出了奇怪的表情,没有回答。秋内以为她没听懂,就继续说道:

"我完全理解错了。之前我还以为,跟他交往的人是羽住同学。"

"交往过啊。"

"啊?"

秋内忍不住探出头去。什么?这话不对吧?

"可是京也说弘子跟木内交往过……"

"我跟他交往过,后来智佳也跟他交往过。"

"后来?"

智佳不是因为那人背叛弘子,在教室揍了他吗?难道昨天他听错了?其实不是揍了他,而是跟他在一起了?不可能,他不可能听错!

"木内君好像特别享受被智佳揍的感觉,突然喜欢上智佳了。"

"喜欢上……"

"嗯。"

"那……羽住同学就跟他交往了?"

"就一小段时间。"

"一小段时间?"

"半年左右。"

半年的时间也够长了。

"后来智佳还是甩了他,说木内君好像又看上了别的女孩子。"

太过分了……

"他长得帅,还挺受女孩子欢迎的。他的身边那么多女孩子,会移情别恋也很正常。"

我要杀了他……

"那时他们毕竟还是高中生,分分合合,忙得很。"弘子笑了笑,像是在安慰秋内,"那个年纪的人不都这样嘛。也说不上喜欢那个人,就是与其交往看看。啊,秋内君,莫非你会在意别人以前的男朋友?"

太在意了!

"怎么会?那是别人的自由!"

"智佳刚开始跟木内君交往时,我也有些不高兴,还冷落过她。"

弘子眯着眼睛沉浸在回忆中,用指尖捋了捋头发,耳垂上的金鱼耳环也跟着晃了晃。

"但是我们很快就和好了。你也知道智佳的性格,所以我能理解。那个木内跟我分手后又喜欢上智佳,现在想想,他真是没节操……但那也很正常,不是吗?"

一点儿都不正常!我绝对要杀了木内!杀了木内!

"秋内,去食堂吗?"

京也在他背后喊了一声,见他回过头,猛然往后缩了缩。

"你怎么一脸恶魔一样的表情?"

"恶魔就恶魔。"

"去食堂吗?"

"去!"

"那走吧。"

"嗯。"

走出教室后,他们正好碰上了从洗手间出来的智佳,跟木内交往过半年的智佳,好像喜欢帅哥的智佳。

"真少见啊!"

走下楼梯时,京也露出了不可思议的表情。

"你刚才碰到智佳,是不是看都没看她一眼?"

"偶尔会这样。"秋内惆怅地说道。

京也"嘿嘿"地笑了。

"我看你刚才跟弘子聊天儿了,莫非你在问智佳高中时的事情?跟那个木内有关?"

这家伙还是这么敏锐。

"其实我不太明白。跟一个人交往,难道不是因为喜欢吗?"

"一般是这样的。"

"所有人都这样吗?比如你,本来不是为了让我接近羽住同学,才跟弘子交往的吗?难道这很常见?跟没感觉的人也能交往吗?"

京也在楼梯上停下脚步,看着秋内。

"我说过那种话吗?"

见秋内不明白他的意思,京也继续说:

"我说过我对弘子没感觉吗?"

"啊,可是你……"

"那是借口,我不会跟没感觉的人交往的。"

"借口……"

究竟是对谁说的借口?

"莫非是对你自己?"

"不记得了。"

"你这个人性格真的很扭曲……"

秋内感慨着迈开了步子。为了跟喜欢的人交往,还要专门找个借口。他实在无法理解京也。

"我不会约没感觉的人出去!"

京也双手插在牛仔裤口袋里,重复了几乎跟刚才相同的话。随后,他出神地说:

"相反,我想得到的人,无论如何都要得到!"

"你说弘子吗?"

京也没有回答,也没有再说话。秋内没办法,只好结束那个话题。

"星期二的套餐是什么来着……"

秋内慢悠悠地走下楼梯,边走边回忆食堂的菜单。昨晚请智佳吃饭的计划失败了,他的钱包里还有不少钱,不如试试那个他以前没吃过的价格较贵的套餐吧。他伸手去摸短裤的后口袋,想看看钱包里还有多少钱,紧接着心里一惊,钱包不见了!难道钱包丢了吗?不对,他好像把钱包放在昨天那件西装的上衣口袋里了,没有拿出来。

"那个……京也,借我点儿钱好吗?五百日元就行。"

京也瞥了秋内一眼,默默地拿出五百日元硬币递给他。

"不好意思,明天还给你。"

走到一楼,正要离开教学楼时,秋内注意到墙上的公告栏里还贴着阳介的讣告。那里写着镜子家的地址和守夜开始的时间,但上面只提到今天举行告别仪式,没有相关的具体信息。

"告别仪式在哪里举行呢?"

"渔港那边沿海的公路旁不是有个什么阁吗?听说在那里举行。"

"哦,是出云阁啊。"

出云阁是坐落在相模川桥头的大型殡仪馆,就在秋内最喜欢的沿海陡坡的顶端。打工时,他去那个地方送过几次文件。

"要不我到告别仪式上去看看吧。"秋内说道。

京也盯着他,露出了奇怪的表情。

"穿成这样去吗?"

"不是去参加。其实我一直惦记着前天那份文件。发生事故时,我不是正好要骑自行车去椎崎老师那边取件吗?但是后来我忘了取件那件事,就没取成。要是能在出云阁那边碰到椎崎老师,我想问问她那件事。"

"嗯,说不定能碰到。"

"好,就这么定了,我现在就去。京也,你还是一个人去食堂吧,不好意思!"

"你肯定从来不会觉得无聊吧!"京也扬起眉毛,像是在感叹。

"嗯?我是不太会觉得无聊。"

"我猜也是。"京也转了转脖子,"不过托你的福,我也可以摆脱无聊了。"

京也抬起手挥了挥,转身走向教学楼大门。秋内看着他的背影,心里有些疑惑。他怎么让京也摆脱无聊了?京也真是莫名其妙!

"啊……钱还给你吧,我不去食堂了。"

京也回过身,秋内把五百日元硬币扔给他。硬币在空中划出一道弧线,竟打中了京也的额头。看来京也的反射神经不太好。发现自己除了大腿肌肉还有别的地方胜过京也,秋内不禁有些高兴。

（五）

　　出云阁外围种了一圈罗汉松，只留正面作为出入口。秋内骑着山地车进去，他从宽阔的停车场正中间穿过，一路向建筑物靠近。白色外墙边缘摆着许多花环。在殡仪馆里，穿着短裤和T恤的他显得格格不入，但秋内并不在意。因为他背着自行车快递员专用的邮差包。这种邮差包背带很短，不会妨碍他俯身骑行。而且，只要背着这个，无论穿什么衣服、出现在什么场合，都不会引来好奇的目光。就像现在，不时从旁边经过的吊唁客人和殡仪馆员工都一脸淡然地看着他，知道他是快递员。

　　秋内上学也背这个邮差包。它那鲜艳的橙色包身在教室里有点儿显眼，因此京也总是调侃他，不过这个包能装不少东西，他觉得很实用。虽然邮差包一角贴着ACT的标志，但他习惯了，倒也不太在意。

　　他走到殡仪馆正门口，透过玻璃门向内窥视。一些身穿丧服的人三三两两地站在大厅里，其中有几张面孔很眼熟，他记得昨晚在镜子家中见过。他们在做什么呢？秋内仔细看了看。阳介的火葬流程结束了吗？告别仪式究竟是个什么程序？他小时候参加过外婆的告别仪式，但是现在已经记不清了。

　　他来这里除了想问前天取文件的事，其实还想问另一件事。他很想知道OB离开事故现场之后，究竟去了哪里。秋内决定先就取件的事情向镜子道歉，然后不动声色地打听一下OB的去向。

"在哪里呢？"

他一直找不到镜子的身影，便下了山地车，推门进去看了看。这引起了其他人的注意。他假装正在工作，先看了一眼手表，接着在大厅里四处张望。

"秋内君！"

那个声音是从他的背后传来的。他回过头，发现穿着一身黑衣的镜子就站在他刚才走进来的那个门的后面。秋内慌忙向她行了个礼。

"那个……昨天真是辛苦……"

他很快意识到自己打错了招呼，但又不知该不该更正。镜子好像并不在意，只是微微点了一下头。她眼圈发黑，双眼充血，看起来状态很不好。

"阳介正在火化。"

镜子看向秋内身后，目光聚焦在走廊的墙上。不对，墙上挂着一块指示牌，上面有个白色箭头，底下印着"火葬场"三个字。

"火化啊……"

"是的。我有点儿不舒服，就回车上拿这个了。"

镜子摊开手，那是一个空药板。

"是晕车药吗？"

"不，是治疗贫血的药。"

"啊，贫血……"

他的声音在大厅里回荡着。

"秋内君,你怎么在这里?下午没课吗?"

"有课,不过……我想找椎崎老师说前天的……"

镜子微微歪着头,注视着秋内。失去独子的痛苦清楚体现在镜子的容颜上,但这丝毫没有折损她的美。看着那张被男学生私下评论为"女医生脸"的端正的脸,秋内一时忘记了周围的情况,看得出了神。

"前天真是谢谢你了!"

镜子首先打破了沉默,她的声音比平时更安静,似乎很镇定。当一个人拼命压抑心中泛滥的情感时,声音就会变成这样。秋内想起昨晚坐在祭坛旁,像人偶一样低头道谢的镜子。

"你专程赶到大学通知我,昨天还参加了守夜,我都没来得及向你道谢!"

"啊,是的,我跟京也他们一起去了。"

"是啊,友江君也来了,还有卷坂同学和……那个姑娘。"

"羽住同学。"

"对,还有羽住同学。你看我,真是对不起!"

镜子抬手轻抚消瘦的脸颊,突然又抬起了头。

"你找我有事吗?"

"是的。前天您在ACT下的订单,正好是我去取件,结果没取成……我想向您道歉!"

镜子愣了几秒钟,然后"啊"了一声。

"我完全忘记了工作上的事。那件事就算了,以后再说吧!"

"是吗?那太好了!"

"你专门到这里来说这件事吗?"

"嗯,是的!"

"这样啊……谢谢你还惦记着!秋内君,你快回学校吧。要好好上课啊!"

"嗯,我这就回去。不好意思,专门跑到这里来打扰您……"

秋内低头行礼,转身走向门口,接着装出一副刚刚想到的样子转过身。

"对了,后来OB怎么样了?"

镜子摇了摇头。

"还没找到,它到现在也没回家。警察说他们联系了动物保护组织帮忙寻找它,但他们好像也不怎么投入……"

"我也去找找它吧。"

秋内想尽量帮帮镜子。

"我整天骑着自行车到处跑,说不定能碰到OB。"

镜子没有回答,只是有些为难地移开了目光。秋内暗自纳闷儿,他说错什么话了吗?

他试着想象这样的情景:家里养的狗冲到马路上,害儿子被车撞死了,身为母亲,遇到这种事究竟会怎么想呢?她还想见到那条跑丢的宠物狗吗?

不,肯定不会!

不可能会这样!

秋内顿时感到万分羞愧。他高调地表示要帮忙寻找OB,镜子当然会为难。

"OB和阳介就像兄弟一样。"

没等秋内说话,镜子就先开了口。她的双眼注视着门外耀眼的阳光。

"OB只有掌心那么大的时候,就被那孩子从公园捡回来了。那天外面下着雨,装着OB的纸箱都湿透了……"

镜子告诉他,捡到OB时,阳介还在上幼儿园,但他还是答应她,自己会好好照顾OB。这些年,他坚持自己给OB喂食,带它散步,帮它铲屎。

"我忙的时候经常不在家,我当时还没离婚,我的前夫不喜欢动物,所以阳介总是跟OB单独玩耍。那孩子跟同学相处得不怎么好,所以总跟OB在一起。OB只听阳介的话,而且阳介说什么都听,就像真的能听懂他说话一样。所以,我没想到……"

说到一半,镜子停了下来,大厅里只剩下她的声音的淡淡残响。她抽了抽鼻子,抬头看向秋内。

"我听警察描述了事故的经过,听说是OB突然冲出车道,才会变成这样的。"

"对,是这样的。"

秋内也描述了自己当时目睹的情形。

"我记得当时OB突然向马路对面冲去,我吓了一跳,过了一会儿才意识到发生了什么事。"

"怎么会变成这样呢?"

镜子右手轻按太阳穴,叹了口气。

"以前散步时,OB有过突然冲到马路上的行为吗?"

镜子摇摇头。

"应该没有,我记得阳介没提过这种事。"

当时OB为什么会突然冲到马路上呢?它究竟冲向了什么东西?

"老师,狗一般在什么情况下会突然冲出去呢?"

"不知道……我对这方面不熟悉,间宫老师可能知道。"

"啊,间宫老师!"

他恍然大悟。间宫未知夫是镜子的同事,与镜子在同一个学院,他教的是动物生态学。他在那个领域好像是个小有名气的研究者,只可惜他不太受学生欢迎,尤其是女学生。这并非因为他的课讲得很无聊,他讲课的方式很吸引人,其不受欢迎是因为他的外形不太好——相当不好。

"要不我再去问问间宫老师吧……"

不懂的事情就应该问专家。

"是啊。我没有亲眼看到出事时的情况,所以没办法找他咨询。秋内君一定能对间宫老师仔细描述事情的经过。我听警察说,秋内君好像是最清楚事情经过的人。"

"我吗?"

"警察是这样说的。他们没告诉我目击者的姓名,不过他们提到的那个'骑自行车的快递员'应该就是你吧?"

"啊,他们说的应该是我。"

那么,他就是最清楚事故经过的人了。仔细想想,事实确实是这样,他认识阳介和OB,而且事故发生的时候,他正好看着他们,而其他行人可能都是在听到刹车声之后才意识到出事了,然后才看向发出声音的地方的。

"京也他们也说,听见刹车声才发现出事了……"

秋内正嘀咕着,镜子突然抬起了头。

"啊?"

"哦,不好意思,没什么。我是听京也他们说没看到事故发生的瞬间……"

那一刻,镜子脸上的表情消失了。秋内不禁担心,生怕自己又说错了话。

"友江君他们也在吗?"

"嗯,是的,他们也在。"

看来镜子并不知道京也等人也在现场。可是,她的反应怎么会这么大呢?镜子要秋内细说,秋内便告诉她:京也、弘子和智佳离开"尼古拉斯"时,正好看见了楼下发生的事故。

"但我昨天问京也他们,他们说不知道当时出了什么事。京也站在'尼古拉斯'的台阶上,举着钓鱼包胡闹,突然听见不远处马路上传来很大的声音……"

秋内忍不住闭上了嘴。他发现,镜子原本空白的脸上浮现出了一种强烈的情绪,没错,那就是震惊。她那失去血色的薄唇轻轻颤抖,组成了几个单词的口型"当时……可是……"秋内只辨认出这两个词。

"老师……"

"镜子,时间到了!"

秋内转过头,发现附近一些看起来像是阳介的亲属的人纷纷站了起来,镜子看了一眼手表。

"对啊,时间到了!秋内君,我先告辞了!"

秋内向她低头行礼,转身走出了大厅。跨上山地车后,他又往大厅里看了一眼。不知为何,混在阳介的亲属中的镜子,看起来就像个陌生人。

(六)

反正下午的课已经赶不上了,秋内决定直接回家。他今天不用去ACT做兼职。

他住在一座摇摇欲坠的木制住宅的二楼,房东住在一楼,他真的就姓"大家"①。二楼有两个房间,秋内住其中一间,他目前没

---

① 日语中汉字"大家"为"房东"之意,除此之外,"大家"还可用作姓氏。

有邻居。大约每三个月，房东就会带一个被便宜房租吸引来的学生看房，然而那些学生看到这座破败的房子后，便都留下礼貌的微笑和几句推辞的话，头也不回地离开了。

秋内把山地车停在门边，锁上铁链，从后门进去，踩着"吱嘎"作响的台阶上了楼，走向最内侧的房间。房间门竟然是一面隔扇，连京也都是亲眼看到之后才相信这件事。隔扇两面各描绘了一对仙鹤，门边散落着五个维生素碳酸饮料的空瓶。上周房东的孙子来玩，将这些空瓶偷偷拿上二楼，用它们打保龄球玩，还制造出了许多噪声。秋内故意把空瓶放在那里不收拾，但房东至今没有发现它们。

他的房间面积不到十平方米，房间里又闷又热。他敞开唯一的窗户，把电风扇开到"强风档"，然后瘫在榻榻米上，呈"大"字形伸展四肢。知了在外面吵个不停，他拽过旁边那袋没吃完的薯片，抓起几片一口气塞进嘴里。

秋内不经意间转头，发现放在地上的电话机亮起了电话留言的提示灯。他舔掉嘴边的盐粒，伸出手，按下播放键。

"您有四条留言。"

住在这里唯一的好处，可能就是房间里有电话。

"我是妈妈啊。你中元节回来吗？请回电。我白天都在店里，你要晚上打电话给我哦。啊，晚上不行。"一阵摸索的响动声过后，声音继续，"啊，果然是年纪大了，唉，今晚有集会，最好明天八……"

录音结束。

"是妈妈。你中元节回来吗？明天晚上八点左右给我回电话吧。别打店里的电话，打家里的电话。还有，如果你熟悉网络，请介绍一个好一些的互联网供应商。你爸爸从客人那里……"

录音结束。

"是妈妈。店里有个客人买了新电脑，就把旧电脑送给你爸爸了。你爸爸说，要不就装在电视上做过广告的那家'铁子'光纤公司的网络，你觉得怎么样？"

录音结束。

母亲近来的糊涂状态已经让他越来越笑不出来。听着那些话，秋内想起了京也。

"可是你只有你爸一个亲人……你不觉得难过吗？"

"一点儿都不。"

京也幼年失去了母亲，跟父亲关系也闹得很僵。他那总是对别人冷嘲热讽的扭曲性格，恐怕就是这样形成的吧。也许是因为他本来就扭曲，所以才和其父亲搞不好关系的。秋内双亲健在，而且他跟父母的关系不错，因此他很难想象京也的处境。

秋内想道：我老爸要是那个样子，我的心情肯定会很糟糕。京也心里很寂寞吧。

直到现在，秋内还是不太了解京也。

在同龄人中，京也显得十分成熟。他第一次见到京也就有这种感觉，而且直到现在也没有改变。然而，京也有一些奇特的行为，比如非常喜欢吃咖喱、用钓鱼包假装打鸟，这使他显得特别孩子气。他去京也家玩时，京也还炫耀过透明展示盒里排列得密密麻麻的汽车模型。正是这种孩子气，让秋内觉得京也的心比其他人更脆弱、更易碎，一旦受到伤害，他什么都干得出来。这就是京也留给他的印象。京也也许不会自暴自弃，但他心中似乎潜藏着某种模糊而黑暗的东西，那东西时而膨胀，时而收缩，总有一天，那东西会膨胀到极限，京也再也无法抑制它。

"我是阿久津啊！"

一阵尖厉的声音突然响起，秋内吓了一跳，巨大的声音震得电话机的扩音器都破了音。

"上课时间给你打电话可能不太好，我就在这里给你留言了。是这样的，我想和你商量一下，把下周的轮班时间确定下来，你快联系我啊！拜托啦！"

光听这个声音，谁能想到留言的人竟然已经四十多岁了呢？无论怎么听，阿久津的声音都像个二十出头的年轻人，他的年轻还体现在他的脸上，他的脸……

"嗯……阿久津长什么样子来着？"

秋内突然意识到，自己竟然想不起来他的容貌了，不禁心中一惊。

在两年前的入职面试上，秋内第一次见到了阿久津，在几天后的业务培训课上，他们又见了一次，从那以后，秋内就再也没见过他。ACT的事务所很小，一楼是快递员的更衣室，而老板接单的办公室在二楼。只要没什么事,兼职快递员一般不会去事务所,所以他们很少有机会碰见老板。由于每天都要隔着电话机听他尖厉的大嗓门儿,秋内不知不觉把阿久津的脸想象成了《根性青蛙》的主角阿宏。明天轮到他值班,不如找个借口到社长室去看看"阔别"两年的阿久津吧。如果他果真长得酷似阿宏该如何是好呢?秋内真的能保持冷静吗?

入夜,秋内出门买晚饭。他走出门,蹲下身,正准备解开车锁的他突然停下了手上的动作。

"要不去找找间宫老师吧!"

找间宫询问 OB 的情况,肯定是越快越好,可能镜子也想知道询问的结果。

"择日不如撞日!"

秋内没有解开车锁,而是徒步向前走去。间宫就住在附近。

此时,相比寻求间宫的专业意见,或许秋内更希望找个人听自己说话。他真的很想找个人倾诉一直萦绕在心中的疑惑。

三分钟后,他就来到了间宫的住处附近。这条街挤满了老旧的建筑物,被人们称为"战后大道"。这里有两座房子格外老旧,一座是秋内住的那一栋楼,还有一座是间宫住的"仓石庄"。

刚入学时,秋内就发现学院的一名副教授跟他住得很近。不过,这是他第一次上门拜访。不仅如此,他平时即使在附近碰到他,也从未打过招呼。因为那名副教授浑身散发着难以接近的气息。这恐怕不只是秋内一个人的感觉。

来到仓石庄,他看见停放自行车的地方有一辆又破又旧的女式自行车。后轮的挡泥板上用马克笔写着"间宫未知夫"几个字,还有地址和电话号码,那字迹难看得可怕。地址上写着,间宫住在"二〇一号房"。

秋内有些紧张,他从外部楼梯走到二楼,来到房间门前。那个性格古怪的副教授见到学生突然来访,究竟会有什么样的反应呢?他该在什么时候说明来意比较好呢?

他按门铃——没反应。

他敲门——没反应。

他喊了一声——没反应。

"他不在家吗?"

秋内凝视着面板裂开的房门,听到里面有声音,好像是一个人在小声嘀咕。那是间宫的声音,听起来像两个人在对话,但是秋内没有听到另一方的声音。莫非间宫在打电话?秋内又等了一会儿,可是那个奇怪的嘀咕声一直没有停下来。

"下次再来吧……"

秋内转过身,沿着昏暗的走廊原路返回。他正要下楼梯时,背后突然响起脚步声,接着是猛然拉开房门的声音。

"我……我在祈祷!"

秋内回过头,发现间宫盯着他,目光中满是急切。他的一只脚跨出门外,露出了随意剪裁到尴尬长度的脏兮兮的牛仔裤,还有一只光着的脚。他的上身穿着一件松松垮垮的T恤。他具有副教授最大的特征——又蓬又乱的黑发。那头发不能说长,只能说真"大"。无论什么人,第一眼看见间宫的反应,恐怕都是发出"哇"的感叹。直到现在,秋内每次在校园内看到间宫,或是走进间宫的教室,心中都会这样感叹,包括此时此刻。

间宫右手紧紧握着垂在胸口的木十字架,好像有谁说过他是基督徒。他这副样子倒也挺像修行之人的,但两者恐怕没什么关系。

"不好意思,刚才我听见你按门铃、敲门并且叫我。不过,我正好在祈祷……"

间宫猛地瞪大双眼,凝视着秋内。

"你是那个谁……整天骑着一辆角马头自行车的……"

"我是秋内。"

"对,秋内君。你选了我的课。"

"啊,是的,我选了您的课。"

"你喜欢那个短头发的姑娘。"

"啊?"

"别装了,我看得出来。动物习惯用信息素进行非话语的沟通,而人类主要依靠声音的起伏和视线来表达自己的意图。"

"那个……"

"来都来了,进来坐吧。屋里有大麦茶。"

秋内暗暗想道:这人果然很奇怪!

什么信息素,什么沟通,秋内完全听不懂,而且他都不知道秋内来干什么,就说"来都来了"。他究竟是怎么想的呢？

不过,秋内还是跟他进了屋。进屋的瞬间,他没有发出声音,内心却叹了一声：啊……

间宫缩着高大的身躯穿过走廊,走向里面的起居室。秋内犹豫了一下,然后下定决心跟了上去。走进起居室,他心里又叹了一声：唉……

虽然没有仔细看,但他很肯定门口的大笼子里养着长相奇怪的老鼠,它的脑袋几乎跟间宫的脑袋一样大。鞋柜上有个玻璃水箱,斜插在土上的木棍缠着红黑两色相间且有些反光的绳子。走廊有好多透明虫笼,可以说数都数不清。虫笼里不是木屑,就是沙土和碎纸。受到两人脚步声的刺激,那些木屑、沙土和碎纸等物的表面纷纷蠕动起来。这个起居室中间摆着一张圆形木制矮桌,桌面上有一条白色与褐色斑纹交杂的蜥蜴,正团成一个巨大的 C 字形。它浑圆的身体足有成年人手臂那么长,其鼻尖正对着秋内的脚。

"怎么就穿着短裤来了呢？"秋内很后悔,但是已经晚了。

"那个……这东西不会咬人吧？"秋内看了一眼那条大得吓人的蜥蜴,问了一句。

间宫把头埋进房间一角的冰箱里,抬起手摆了两下。

"墨西哥毒蜥怎么会咬人呢？"

"毒……"

秋内只听到那个名称里最骇人的细节,可间宫似乎觉得他

理解了自己的意思,转过头来对他说:

"墨西哥毒蜥是美国毒蜥的近缘种。"

"美国毒蜥我也不认识……"

秋内轻手轻脚地坐在榻榻米上,避免刺激到毒蜥。

"这只蜥蜴……是您养的吗?"

"不,是借来当资料用的。全世界只有墨西哥毒蜥和美国毒蜥具有毒性,所以很值得研究。你喝大麦茶吗?我这里只有大麦茶。"

间宫端来了倒好的大麦茶。他用了两只造型比较奇特的杯子装茶,那杯子可能是外国货吧。杯子呈圆筒形,边缘像鸟喙,表面还有细致的刻度……

"这是烧杯啊!"

"准确地说,这是量杯!来,这是你的。"

间宫"咚"地放下一个量杯,桌上的巨型蜥蜴被惊动,瞬间绷紧了四肢。量杯正好放在蜥蜴脑袋后面,蜥蜴和杯子形成了"℃"的形状。

"天气很热,我就倒了 400cc,快喝吧!嗯,够凉!"

"好……"

容器虽然不同寻常,但好像不脏。秋内正好口渴,又不好意思滴水不沾,于是便缓慢而慎重地伸出了手。间宫说这只蜥蜴不咬人,他拿一下杯子应该没问题吧。

"它偶尔也会咬人,你别在意。"

"啊?"秋内发出声音的同时,缩回了手。

"它的毒牙在这里,不过已经拔掉了,别担心!"间宫张大嘴巴,指着下排的大牙含糊地说道。

"哦,是这样啊……"

秋内决定不去拿量杯了。

"真不好意思啊,这屋子太小了!我一直很想换个大一点儿的房子,但是周围的公寓都不准养宠物。"

就算可以养宠物,也不代表可以养这些动物吧!

"不过这里离学校很近,上班很方便,而且名字也不错。"

"你是说公寓的名字吗?"

"仓石庄"这个名字究竟哪里不错?

"因为我是基督徒啊。"

秋内完全不懂他在说什么,正不知如何回答,间宫却一脸兴奋地凑了过来。当然,他那一脑袋头发也跟着凑了过来。他的头发压根儿不像长在脑袋上,而是脑袋从头发中间冒了出来。就算那些头发里面再诞生点儿什么其他新生命,秋内也丝毫不会惊讶。

"秋内君,你仔细听。仓石庄, kuraishisou[①], kuraishi, sou, kuraisu, sou, kuraisuto, sou……你瞧,这不就是 Christ saw——基督看见,这名字很有意义吧?"

[①] "仓石庄"这个词的日语罗马字。

"是啊。"

然而,让秋内自己想,他肯定想不到这些谐音。

间宫高兴地看着他,秋内觉得有些不好意思,马上移开了自己的目光。他假装环视房间,露出一副"原来大学老师住在这种地方"的表情。

"不过叫'冥途庄'也很有意思。"

"哪有房东会姓'冥途'啊!"

秋内先是莫名其妙地答了一句,随后想到日语的"冥途"跟英语的"maid"发音相似,觉得这可能是个挺好玩的冷笑话。

"那么,秋内君,你到这里来有什么事呢?"

说着,间宫把桌上那个"℃"的"C"部分拿起来,塞进旁边的盒子里。秋内总算能拿起量杯了。他喝着大麦茶,进入了正题。

(七)

"原来那孩子的事故是因为宠物狗啊……"听完秋内的话,间宫抱着细长的手臂,发出叹息,"如果是小孩子牵着成年犬,的确可能发生那种事,因为四足奔跑的动物的起跑力很惊人。"

"没错,那是很惊人的!"

秋内再次回想起 OB 冲出马路的瞬间。红色狗绳猛然绷紧,阳介瘦小的身体宛如被大风扫到了车道上。

"你们四个人都看到那场景了吗？"

"只有我看到了事故的过程。京也、弘子和羽住同学当时正好从'尼古拉斯'出来，没有看见阳介君。"

"那他们应该是听到刹车声或撞击声才发现出事了吧。"间宫痛心地闭上了双眼，"不过我还是第一次听说这件事跟狗有关，我只知道那是一场交通事故。昨晚，我去参加了守夜，但是没能跟椎崎老师说上话。后来她也没到学校去。"

昨天公告栏贴出通知，镜子的课暂停一周。

"其实，今天我去了告别仪式会场，跟椎崎老师聊了几句。椎崎老师也想知道 OB 为什么会突然冲出马路，于是，我就想到可以找间宫老师问问，我想您可能会为我们解答这个谜题。"

"嗯……但我并没有亲眼看到 OB 冲出去的瞬间啊。"间宫抿着嘴唇，若有所思地摆弄着胸前的十字架。

"一般情况下，狗会因为什么而突然冲向一个地方呢？"秋内问道。

间宫又摆弄了一会儿十字架，然后吸了吸鼻子回答道：

"原因很多，比如受到惊吓，特别高兴，有人扔球……不过，最后那一项需要经过训练。"

"训练？只要有人扔球、狗就会追出去的训练吗？"

"没错。不过一说到训练，让狗奔跑的方法就更多了。狗很聪明，训练它们配合主人暗号起跑非常简单，而且暗号也千变万化，比如抬手就跑，打响指跑，或是扔蓝色的球不跑、扔黄色的球跑。只要经过严格训练，狗可以做许多事。"

"那如果 OB 被灌输了某种暗号，事故发生时有人给出了那个暗号……"

"不，那不可能。"间宫挠了挠裸露的膝盖，"除了主人或训练员，狗绝对不会服从别人的暗号。"

这么说来，白天镜子也提到过，OB 只听阳介的话。

"狗真的不会听从外人指挥吗？比如……打个比方，狗误以为给出暗号的人是它的主人。"

"哦，那倒是有可能。如果给出暗号的人穿着跟主人一样的衣服，而且站在远处……"

听了间宫的话，秋内脑中猛地响起警钟，他心中的疑惑对此做出了反应。

"其实狗的视力不太好。假设人的视力为 1.0，那么狗的视力平均只有 0.3。它们不仅近视，而且很难聚焦。如果一个人站在远处，并且着装与狗的主人相似，狗的确有可能误认为那个人就是主人。在河边之类的地方放开狗绳让其自由散步时，狗远远看到跟主人穿着相似的人，往往会很高兴地跑过去，你见过这种情况吗？"

"不，我没见过。"

"的确有这种情况发生，你看着。"

间宫伸出一只手摆在桌上，竖起中指，其余四指撑着桌面。接着，他左右摇摆中指，模仿狗轮番打量两个量杯的动作，接着轻轻地喊了一声:"啊,是主人!"他挥舞着四根手指凑近了其中一个量杯,并在量杯前猛地停下来,惊讶地说:"你……你是谁?"其实他的话已经说得很明白了,完全没必要进行这个小表演。间宫大概只是自己想演罢了。

"认错主人……"

秋内盯着榻榻米,细思片刻,将脑中的疑惑拿出来与间宫的话对比。

"没有图案的T恤算吗?"

为了不被猜透真实意图,秋内尽量选择了简短的语句。间宫似乎不明白他的问题,呆呆地眨了几下眼睛。

"啊,对不起,我是说着装!刚才您说狗可能把较远处的人错当成主人,如果那个人穿着没有图案的T恤,会出现认错的情况吗?"

"你是说,着装没有特征,对吗?"

"对,就是那种感觉!"

"狗可能会根据颜色来判断吧。"间宫若有所思地皱起眉头,"最新研究显示,狗能分辨的颜色有紫色、蓝色和黄色……对了,如果把狗松开,狗主人穿着紫色、蓝色或黄色的T恤。狗边跑边张望,发现前面有个跟主人穿同色T恤的人。这种时候,狗可能会认错,然后跑过去。"

"狗会跑过去吗?"

"有可能。"

那天,京也穿了一件紫色 T 恤。巧合的是,阳介也穿着同样颜色的 T 恤。OB 把京也当成阳介了吗?

"狗根据服装认错主人的距离大概是多远?"

"这个不好说,狗的视力有个体差别。"

"如果是隔着双向单车道的马路呢?"

听了秋内对话,间宫抿紧嘴唇。

"你……有什么想法吗?"

蓬乱的头发中,间宫用宛如大狗眼睛般的双目直直地看着秋内。

秋内有点儿犹豫。是把心中的疑惑告诉间宫,还是保持沉默呢?很快,他就有了答案。

他用力地咽了一口唾沫,开口说道:

"那天,京也从'尼古拉斯'走出来,他的身上也穿着一件紫色的 T 恤。弘子穿的是蓝色短袖衬衫,羽住同学穿着淡粉色 T 恤。如果狗能分辨出紫色、蓝色和黄色,那么 OB 至少能分辨出京也和弘子身上衣服的颜色。"

"有可能。"

"有没有可能,京也和弘子,其中一人的行动,刺激到了 OB,使它冲出马路呢?"

"你觉得是哪个人?"

秋内再次犹豫了,然而事已至此,他已经没有退路了。

"京也。"他只能说出自己心中的疑惑,"我一直都忘不掉当时京也开玩笑时的举动。"

"友江君的举动?"

秋内开始解释:

"京也在'尼古拉斯'的楼梯平台上,像举枪一样举起钓鱼包对准看了他一眼的麻雀,下一刻,OB 就冲出了马路。"

"哦,原来如此……你认为,友江君的行动有可能引发阳介君的事故,是吗?"

"是的。"

这就是秋内心中的疑惑。

京也站在"尼古拉斯"的楼梯上,像举枪一样举起了钓鱼包。秋内一直怀疑,那个动作可能跟 OB 冲出马路有关系。当然,他并不认为京也是有意为之,因为京也不可能做那种事。然而,他怎么都忘不掉京也当时的举动。那一刻,秋内并没有刻意观察周围的人。可是根据记忆,OB 冲出马路之前,除了京也,没有人做出什么特别的举动。如果 OB 真的因为周围某个人的特殊举动而冲出马路,那个人很有可能就是京也。

"不可能。"

"啊?"

秋内看着间宫。

间宫又重复了一次"不可能",然后眯着眼睛笑了。

"就算 T 恤颜色一样,狗主人就在旁边,OB 怎么会把别人误认成主人呢?就算想认错,阳介跟友江君的体型也完全不一样啊!"

"也对啊……"

这个道理太简单了。秋内悬着的心瞬间放了下来。

京也跟阳介的事故没有关系,是秋内自己想多了。

"那个,其实……我没有怀疑自己的朋友,也不是想找人为阳介君的事故负责,只是京也当时的行为给我的印象实在是太深刻了……"

"那当然了,他就像小孩子一样。"

"那家伙偶尔会变得像小孩子一样。"

"对了,秋内君,你吃西瓜吗?昨天看到便宜的西瓜,我就买了,冷藏了很久,肯定很好吃。"

间宫不等秋内回答,就站起来拿出一个完整的西瓜,到料理台利索地切好了。他一边切还一边哼着可能是自创的西瓜歌。他显然沉浸在自己的世界中,让人难以跟上他的脚步。

"不过话说回来,我刚刚才知道原来狗的视力不好。"秋内对着间宫的背影说,"我也是头一次听说狗会根据着装认人。"

"狗通常是根据人的综合外貌特征来识别一个人的。"间宫面向料理台,头也不回地回答。

他切西瓜的动作很娴熟,他过独身生活可能已经很久了。

"比如一条狗被一个穿着西装、戴着帽子的人揍了一顿,下次见到另一个穿着西装、戴着帽子的人,就会特别害怕。如果一条狗被撑着伞、留着长发的人踹了,它也不会再靠近其他符合这个特征的人。狗会将种种特征综合成记忆,下次看见同样的组合,其大脑就会条件反射地激发出那种记忆。"

"综合特征……"

回过神来,秋内又在想京也的事情。紫色T恤、钓鱼包……OB有没有可能对这个组合产生了反应呢?

"不对,不可能!"秋内很快得出了结论。

那天阳介和OB来到渔港时,京也手上也拿着钓鱼包,当时OB没有任何反应。

"还有什么问题吗?"

间宫端着西瓜走过来,秋内摇摇头说"没有"。他决定不再想这件事。还是不要再纠结京也这件事了,再怎么想也没用,而且这样也对不起京也。

他拿起西瓜咬了一口,发现西瓜格外甜美多汁。难道挑西瓜也要讲技巧吗?

"对了,秋内君,你知道所罗门之戒吗?"间宫吃着西瓜,突然张开满是汁水的嘴,没来由地问了一句。

"没听说过。"

"我猜也是。"

他又啃了一口红色的果肉。

"所罗门是大卫王的独子,后来继承了父亲的王位,成了古以色列王国的君主。《圣经》故事里有这样一句描述:'所罗门王戴上有魔力的戒指,与鸟兽鱼虫对话。'"

"那个所罗门王能跟动物说话?"

"没错,要是真的有那种戒指,我也想要啊!"

他说完,往盘子里吐了一粒西瓜子儿。

"我们这些人啊,其实每天都在研究所罗门王的戒指。我们不是喂豚鼠荷尔蒙,就是通宵观察墨西哥毒蜥的动态。这是全世界所有的动物学家每天都在做的事情。只可惜,我们到现在都没有研究出所罗门之戒。"

间宫把西瓜皮放回盘子里,轻哼一声。

"若是有那枚戒指,就能很容易找到答案。"

秋内试着想象自己戴上所罗门之戒跟OB说话:"你为什么突然冲出马路?"

OB回答:

"那是因为……我……"

"啊,不行!"间宫的声音把他拉回到现实中。

"秋内君,其实有戒指也不行啊,因为OB不见了!"

"哦,确实是这样!"

如果OB不在,他能找谁问呢?

"如果OB在,倒是还能做点儿实验证实一些事情。"

"椎崎老师说警察和动物保护组织都在帮忙找OB。"

"哦,他们为什么要找OB?"

"那我就不知道了……"

"他们不会是要把它带到兽医站去,将它安乐死吧?"

突如其来的猜测让秋内大吃一惊,但是,他很快想起了镜子在出云阁时的情绪。

"我也去找找看吧!"

秋内说出这句话时,她为难地移开了目光。

那是将她儿子拽到马路上,害他被卡车撞死的狗。就算找到了,镜子也不可能继续养它,因为那种心情实在太复杂了!秋内虽然没有养过狗,也没有儿子,但多少还是能想象出来那种心情的。

说不定镜子真的会带 OB 去安乐死。

"间宫老师,您对这种事有什么看法呢?"

"这种事?"

"就是那个……如果椎崎老师打算带 OB 去安乐死……"

间宫拿起旁边的纸巾擦了擦嘴,看向天花板。

"嗯……我是有很多想法,可现在毕竟情况特殊。即便椎崎老师决定让 OB 安乐死,那也是没办法的事。因为我无法体会阳介君亲人的心情,所以没有资格发表意见。"

"可是,那样 OB 也太可怜了……它肯定不是故意让阳介君出事的啊!"

"的确是这样!"

间宫挠了挠耳后。

"可是答案一定不会如此简单。我每天都在思考动物,但直到现在,我还想不明白,平时吃猪和牛的肉,与杀死动物做实验有什么区别。主人带狗去安乐死,这跟人们养狗吃肉有什么不一样吗?注射药品令其死亡和砍掉脑袋有什么不一样吗?而且,我也没有勇气回答'动物是否可怜'这种问题。"

秋内反复思索着间宫的话,又沉默了一会儿。

他还是没有答案。

不知哪个房间有人拧开了水龙头,墙壁那边传来"哗啦啦"的响声。

没过多久,秋内站了起来。走到门口后,他又问下次有事能否再来找老师商量,间宫爽快地答应了。

"我们住得那么近,你想来随时都可以来。"

"啊,您知道我住在什么地方吗?"

"就是大家先生的家吧?我见他家门口总停着你那辆角马头自行车。"

间宫又报了家里的电话号码,秋内用手机记了下来。

秋内低头行礼,他转身正要出门,却听见间宫"啊"了一声。

"差点儿忘了一件事。"

"什么?"

"就是那个短头发的羽住同学。"

"嗯。"

"那个有点儿傲气的姑娘。"

"嗯。"

"那个姑娘可能喜欢你。"

秋内的眼睛和嘴巴都张大到了极限,他许久都没有动弹。

"你可能没发现吧。她每次跟你说话,声调都会稍微变高一些,这证明她体内的女性荷尔蒙分泌量变多了。女性荷尔蒙具有提高声调的效果。"

"那个……我不太懂……"

"男性对发出尖厉声音的人会产生本能的保护欲,比如婴儿。女性生来就知道这一点,因此对喜欢的人说话时,女性体内会分泌大量女性荷尔蒙,让声调自然变高。她跟你说话时声调会变高,你瞧,这不就证明她喜欢你吗?很简单吧?太好了!"

秋内还愣在门口,间宫又高兴地说了一句"真是太好了",随即走进了走廊尽头的厕所。隔着门,秋内又听见间宫模糊的声音。

"我再给你提个建议。你表达爱意时,要尽量用低沉的声音。那样能够彰显男性荷尔蒙的分泌情况,从而提高恋爱的成功率。"

秋内站在门口等了一会儿,间宫不但迟迟没有出来,而且还哼起了歌。实在没办法,秋内只好对那只奇怪的老鼠微微颔首,走了出去。

那天晚上,秋内反复琢磨间宫的话,躺在被窝儿里一直没睡着。明明昨晚也没怎么睡,可他就是无法进入梦乡。

间宫说的女性荷尔蒙理论是真的吗?如果是真的,那么智佳跟他说话时,声调变高了吗？应该不太可能吧。秋内自己从未有过那种感觉。

他很烦恼,一直烦恼到深夜,最后他总算意识到,再怎么烦恼也得不出结论,便决定对间宫那些话一笑置之。他朝着天花板哈哈大笑,然后挤出笑得难以呼吸的表情拍起了地板,但不知何时,他的脑海中竟响起了智佳的声音,他又忍不住努力辨别她的声调究竟是高是低。

（八）

第二天。

由于总是在想昨天的事,秋内都不敢跟智佳说话。要是一说话,她用特别低沉的声音回复他可怎么办呢？万一他听到她发出特别尖的声音,心里很高兴,可是后来发现,间宫说的女性荷尔蒙理论都是骗人的,又该怎么办？早上第一节课,秋内满脑子都在想这件事。萦绕在脑中的智佳的声调时高时低,没过多久,他又因为睡眠不足而撑不开眼皮,脑袋渐渐朝课本凑了过去,却在额头挨上去的一刹那猛然醒了过来。他一再重复这个过程。

"我在礼品店见过跟你差不多的木头鸟。"

下课后,京也走了过来,手上还拿着一本汽车杂志。

"那种木头鸟的嘴巴还会叼牙签,做得特别精巧。"

"我肯定比木头鸟精巧吧?"

因为木头雕的鸟不会陷入爱河——想到这句话,秋内不禁感叹自己很有诗意,但他没有说出来。

"京也啊,杀死动物不好吧?"秋内想起昨天间宫说的话,漫不经心地问道。

"怎么?你找'妈妈咪呀①'聊天儿,说到这件事了?"

"哎,我跟你说过我去找过间宫老师吗?"

"你会做什么我大致能猜到。"

那可真厉害!

"对,昨天我在间宫老师那里聊到了这件事。警察和动物保护组织正在寻找 OB,但我觉得要是真的找到了 OB,椎崎老师可能会带它去安乐死。你对这种事怎么看?"

"没什么看法。"

果然如此!秋内早就猜到,不管京也究竟怎么想,都会这样回答。

"不说那个了,你知道那条狗为什么冲出马路了吗?"

"聊了半天,我还是没搞清楚,只知道狗的视力不太好,有很多原因会导致狗突然跑起来,但好像都没有什么参考价值。"

他故意没有提起过京也的事,因为京也本人听了肯定会不

---

① 在日语中,间宫(日语罗马字 mamiya)的发音与"妈妈咪呀"的发音相近。

高兴。

"间宫老师还说,要是能找到OB,就能做实验了。"

"前提是那条狗没有被带去安乐死。"

"别这么说。"

尽管如此,京也的话还是很有道理的。如果有人在他不知情的情况下找到了OB,而OB又马上被带去安乐死了,那一切都没有意义了。

"假设椎崎老师要处理掉OB,要走什么程序呢?首先警察和动物保护组织要找到OB,然后他们会和椎崎老师联系。如果老师要求将OB安乐死,OB是不是马上就被执行了?"

"肯定不会当场安乐死吧。"

"那要等到什么时候?"

"我怎么知道!"

"要不我去图书馆查查吧。"

这所大学的图书馆很大,有大量与动物相关的书籍,还能上网查询资料,但秋内只是听别人这样说,他一次都没去过。

"去图书馆?你?"

"你这是什么表情!啊,不行,我今天要打工。"

京也露出了"我就知道"的表情。

"哎,等等,说到打工……"

此时,秋内突然有了主意。

他可以请其他快递员一起帮忙找OB啊!ACT的投递区域

覆盖了平塚市,也就是说,每时每刻都有快递员骑着自行车在市内奔走,跟他们打声招呼,请他们看到OB后联系自己,这应该是个好办法。如果他抢先一步找到OB,就不用担心警察或动物保护组织把它安乐死了。没错,就这么办!

"好,我这就去找老板说。"

想到这个主意的秋内特别高兴,他仿佛已经找到了OB。

"虽然不知道你在说什么,但是加油吧!"京也毫无诚意地说道。

京也正要起身离开座位,却听见弘子远远地喊了一声:

"京也,我去买饮料,你想喝什么?"

"牛奶,明治牌的。"

弘子点点头,笑眯眯地走出了教室。她刚才的声音好像比平时高了一些,这是因为受到了女性荷尔蒙的影响吗?

"你跟弘子和好了吗?"

"本来就没有决裂。"

"是吗?"

智佳之前那么担心他们,难道只是她想多了吗?

"前段时间,我听羽住同学说,最近弘子跟你约会时,都会叫上她。"

秋内的话还没说完,京也就移开了视线。

"嗯,倒不是每次都这样。"

"为什么呢?人在约会时应该想跟对象单独相处吧!"

"这种事你直接问弘子不就知道了?"

"我哪问得出口?这是羽住同学悄悄告诉我的啊!"

虽然他们聊天儿的环境怎么都算不上"悄悄",但秋内觉得这个词很刺激。

"你每天都跟弘子约会吗?"

"也没有每天约会,比如今天就没有,我准备在家看 F1① 的影碟。"

"F1 比女朋友还重要吗?你连驾照都没有,怎么会这么喜欢车呢?"

"你没交过女朋友,还不是喜欢羽住智佳?"

不等秋内回话,京也就卷起汽车杂志,回到了教室后排。

下午最后一堂课结束后,秋内下定决心,走向智佳。他想在打工前验证那个声调高低的理论。自从想到寻找 OB 的好主意后,秋内就充满了莫名其妙的自信,觉得现在的自己无所不能。

"羽住同学,你要回家了吗?"秋内喊了她一声。

正在收拾书包的智佳回过头,应了一声"嗯"。一个单音节词无法判断声调高低,于是秋内又等了一会儿,但她没有继续说话。

"你要回去了吗?"

---

① F1,指世界一级方程式锦标赛,是当今世界最高水平的赛车比赛。

"怎么了?"

这回字数变多了,然而缺乏比较对象,还是难以判断声调的高低。此时,秋内心生一计:只要把比较对象叫过来就好啦。

"京也,你过来一下。"

京也正要走出教室,秋内把他叫住了。他回过头,一脸不耐烦地走了过来。

"那明天见哦。"

智佳拉上书包拉链,并把书包背了起来。

"啊,那个……"

智佳快步离开了。

"你有事吗?"

等京也走过来时,智佳已经跑出了教室。秋内一句话都说不出来。京也疑惑地顺着秋内的目光看过去,发现了智佳的背影,随即"嗯"了一声,把她叫住了。

"你的鞋带松了。"

智佳在教室门口停下脚步,低头看向自己的脚。秋内这时才发现,她的一只鞋上的鞋带散开,拖在地上。智佳蹲下身绑好鞋带,回头道了谢。

"谢谢你!"

京也无所谓地摆摆手。片刻之后,智佳的身影就消失了。秋内呆滞地站在原地,因为她刚才那句"谢谢你"显然比先前对自己说的"嗯"和"怎么了"声调更高。是因为京也离得远,还是她真心感谢京也提醒她鞋带的事情?难道在那一刻,智佳体内的女性荷尔蒙分泌量变高了?智佳做出了女性的本能反应?

"说啊,什么事?"京也转头看着他。

其他学生已经离开了,教室里只剩下他们两个人。

"那个,我就是想……听声音……"

"啊?"

"再见,我去打工了。"

秋内扔下表情怪异的京也,走出了教室。中途回头一看,只见京也抱着胳膊,还在盯着他看。

他穿过已经空无一人的走廊,下了楼梯。刚才那句"谢谢你"之所以音调高,肯定有别的原因吧。再说了,间宫的理论本身就很值得怀疑,他根本不需要在意。他一边想,一边绕到了教学楼后面的自行车场,却碰见了弘子。

"哎,秋内君,要去打工了吗?"

弘子正在给一辆淡黄色的自行车解锁,看见秋内似乎有些意外。

"对啊,怎么了?"

"哦,没什么。"

弘子移开视线,推出自行车。秋内则蹲下身,解开了山地车的链锁。

"弘子,你今天不去找京也吗?"

"嗯,京也说要出去买东西,于是我就想去找智佳吃饭,但是智佳也有事,我只好一个人回去啦。"

"啊,羽住同学也有事啊。"

秋内说完,弘子沉默了一会儿。她盯着秋内的脸,坏笑着说:

"我还以为秋内君约智佳出去了,比如找个没人的地方表白之类的。"

"没有啦。"

秋内同时摇起了脑袋和双手。

"你怎么会想到那上面去呢?"

"因为我问智佳有什么事,她也不告诉我,而且她还一直躲避我的目光,看起来很奇怪。我就猜测肯定有内情。我想,也许是秋内君终于开始行动了。"

这个猜测也太天马行空了吧!

"真可惜……不过算了,你要加油工作哦!"

弘子挥挥手,骑上自行车离开了。

秋内使劲儿蹬着踏板,飞快地冲出了自行车场。他一边加速,一边绕到教学楼前方,突然发现眼前闪过一个人影。一个正要走出教学楼的人猛地缩起了身子,显然是看见了秋内,想躲起来。

他停下车,伸长脖子仔细看去,发现门背后露出了一个穿着白色T恤的背影。那个背影动了一下,似乎要转过来。黑色的短发缓缓挪动,露出了侧脸。秋内飞快地转过头,握住车把,朝着校门再次出发。他自己也不明白为什么要这么做,只觉得必须这么做。他一次也没有回头。

刚才那个人是智佳。

智佳看到他,躲了起来。

秋内蹬着踏板,温热的风打在脸上。他从一对陌生的学生情侣身边经过时,大脑突然一片空白,但是下一个瞬间……

"哎……"

这几天听到的一些话突然涌入他大脑中的那片空白。

"我打了,可是你一直在通话。"

弘子给京也打电话时,京也正在通话。

"啊……是我爸。"

他记得,京也回答之前,有过一闪而逝的沉默。来电记录上的确有他家的电话号码,但通话时间可能很短。在此之前,或者是在此之后,京也可能给什么人拨出过电话。弘子并没有查看京也手机上的呼叫记录。

弘子没打通京也的电话,就给智佳打了电话。

"我也正在通话。"

"羽住同学跟谁打电话聊天儿了?"

智佳当时没有看秋内的脸。

"一个熟人。"

她的回答十分简短,像是有所隐瞒。

"你也知道智佳的性格,所以我能理解。那个木内跟我分手后又喜欢上智佳……"

秋内也能理解那种心情。

"弘子最近有点儿奇怪。"守夜归来的路上,智佳表示很担心弘子,"每次我提到京也君,她就很想改变话题,但有时又突然说好多京也君的优点。"

弘子该不会是知道了吧?

他们三个人的关系正在变质。

"我想得到的人,无论如何都要得到!"

京也对秋内说过这句奇怪的话。

还有刚才弘子说的话:

"京也说要出去买东西。"

可是现在细想,那跟京也的话矛盾了。

"我准备在家看 F1 的影碟。"

京也对他和弘子其中一人撒了谎,也可能对他们两人都撒了谎。

"因为我问智佳有什么事,她也不告诉我,而且她还一直躲避我的目光,看起来很奇怪。"

智佳也对弘子有所隐瞒。

刚才秋内走出教室时,里面只有京也一个人。

智佳在教学楼门口见到秋内,立刻躲了起来。

秋内双手握紧刹车,山地车前后轮胎被突然锁定,车轮在柏油路面上发出了尖厉的摩擦声,周围的学生顿时看向他。山地车停了下来,秋内也停了下来。汗水缓缓滑过耳际,他感到呼吸困难,便深吸了一口气。可是做完深呼吸之后,胸口的苦闷还是没有消失。

"那不是真的吧……"

他回过头。

可是,秋内没有勇气去确定那究竟是不是真的。

还是别想了!他下定了决心。

他认为,只有这样才能让自己保持平静。

到达 ACT 办公室后,秋内走上楼梯,来到二楼走廊。他走到社长室门口,轻咳了一声,然后敲了敲门。在两年前的面试和业务培训后,他就没再来过这里,虽然他每天都能听到酷似阿宏的声音,但这还是他第三次见阿久津。

"哦……来啦……谁啊?门开着……"屋里传来阿久津断断续续的声音。

"打扰了!"

他走进房间,迎面是一面高大的隔板,阿久津的办公桌在另一边。

"哦……听声音……是阿静吧……"

随着阿久津说话的节奏,一个大号杠铃在隔板顶端忽隐忽现。

"我在……锻炼……没穿上衣……你能在那边说话吗?"

阿久津是一名退役的自行车运动员,他现在可能想加强上半身的力量,重温一下当年的练习。即使隔着隔板,秋内还是能闻到阵阵汗臭味。

"那个……我有件事想拜托您!"

"你尽管……说吧……呼……"

秋内简单介绍了阳介的事故,阿久津一边锻炼,一边听他说。

"二十九……三十!"

"咚!"

隔板那一边传来放下杠铃的声音,还有喘息声。

"是这样啊。我在报纸上看到了那场事故的消息,没想到阿静认识那个小男孩儿。那个孩子真是太可惜了……"

"是的,所以我有件事想拜托您……"

秋内又说了关于OB的事,包括OB逃离事故现场,目前警察和动物保护组织正在寻找它,但是没找到。

"我想一边派件一边寻找OB。当然,我会把寻找控制在不影响工作的范围内。"

"嗯,那应该没问题吧。"

"嗯,另外我还想请别的同事也帮忙寻找,我怕在我自己负责的范围内找不到OB。"

"原来如此,要请大家分头找啊。不过,阿静,你找到狗以后打算怎么办呢?"

"其实我还没想好怎么办……我只是觉得,如果警察和动物保护组织先找到了它,狗主人可能会让他们直接把狗安乐死……"

阿久津恍然大悟地说:

"哦,原来是这样啊!你想先找到那条狗,是吗?好,我明白了,我通知大家一起找狗吧!就从今天开始吧!"

"啊,从今天……真的可以吗?"

他没想到阿久津会如此爽快,一时有些反应不过来。他的心中充满了感激,恨不得立刻绕过隔板,紧紧抱住光着膀子的老板。

"谢谢您!真是太好了!"

"别在意,别在意!你先告诉我那条狗有什么特征。"

"狗的脖子上应该是拴着一条红色狗绳。"

"狗绳?"

"就是牵狗散步的绳子。"

"红绳子啊,知道了……呼!"

杠铃又出现在隔板上方。

那天工作时,秋内一直在寻找 OB,送件时在收货地址的周围仔细观察,空闲时则到处逛来逛去,但是,他始终没有发现 OB 的身影,阿久津那边也没有传来其他配送员发现 OB 的消息。

"我就觉得不会那么顺利……"

尽管他一开始的确觉得会很顺利,但秋内还是嘀咕着这句

127

话。他把车停在了商店街一角,从口袋里翻出几枚硬币,塞进明晃晃的自动售货机的投币孔,一拳砸向运动饮料的按钮。售货机也像生了气似的,把商品甩进了取货口。

他看了一眼手表,现在是晚上七点多。

一辆卡车从他的身后开过去。

智佳和京也干什么去了?

"不要想,不要想……"

秋内摇着头,弯腰去取饮料。就在那时,口袋里的手机响了起来。他连忙拿出饮料,手背不小心撞到取货口,擦破了皮。

"痛死了……你好,我是秋内。"

"阿静,好消息!"

是阿久津。

"贝贝找到了!"

"贝贝?"

"啊,不对,是OB。哈哈!"

"真的吗?"

"真的,真的,不能再真了!"

阿久津兴高采烈地告诉他,一名兼职快递员在前往市内综合医院投递文件时,恰好看见了OB。那时的OB正好被动物保护组织捕获。据那名快递员说,当时有好几个人蹲在医院的绿化带里,按住了一条脖子上拴着红色狗绳的狗。那个瞬间,他想起了阿久津的通知,就找按住狗脖子的人问了一声,果然,那条狗就是从交通事故现场跑掉的狗。于是,他请动物保护组织的人稍等一会儿,接着就联系了阿久津。

"他们现在都站在医院的绿化带里,正不知如何是好呢!"

"哪家医院?"

"相模医科大学附属医院。"

那天出事后,阳介就被送去了那家医院。

"阿静,你打算怎么办?"

"啊,嗯……"

犹豫片刻之后,秋内回答道:

"我有个熟人能帮忙,我先跟他商量一下吧。"

***

"然后,你就给'妈妈咪呀'打电话了?"

京也靠在沙发上,居高临下地看着秋内。弘子和智佳抿着嘴,目不转睛地盯着玻璃茶几。

"没错,我给间宫老师打了电话,老师当时在家。"

延绵不绝的雨声包裹着整个店铺。

湿透的T恤贴在身上,让他浑身冰凉。耳边滑下一滴雨水,秋内用毛巾将雨水擦掉,继续说道:

"我转达了老板收到的消息,间宫老师马上给椎崎老师打了电话,说明了情况。"

然后,间宫问清楚了镜子的打算。

"椎崎老师真的准备带 OB 去安乐死,虽然她很不舍得,但是她只能这样做。于是,间宫老师提议,可以让 OB 在他那里待一段时间。"

镜子没有反对。间宫结束通话后,立刻提着家里的空笼子,出门赶往捉到 OB 的医院。

"然后他把那条狗带回了自己的动物天堂?"

"没错。"

京也哼了一声,耸耸肩,转头看向窗外昏暗的天空。

"椎崎老师好过分啊,竟然要杀了那么可爱的狗!"

"你认为她很过分吗?"

"是的,太过分了!"京也撇着嘴说。

"因为她要杀死自己养大的狗吗?"

"你说的不就是这个吗?"

"你有没有考虑过椎崎老师的心情?"

京也看向秋内。

"什么意思?"

秋内又问:

"不仅是椎崎老师,你有没有考虑过别人的感受?你有没有认真严肃地考虑过别人的心情?"秋内的语气越来越激动。

京也面无表情地看着他,回答道:

"有啊,我一直都很在乎别人的心情,只是你可能看不出来。"

"我看不出来,一点儿都看不出来。如果你真的在乎别人的心情,为什么能做出那种事?为什么……"

"秋内君,"弘子打断了秋内,"别提那件事了!"

她的语调很平淡,眼神里却满是恳求。

秋内看向智佳。智佳也看着秋内,面带悲伤地点了一下头。

"我知道了。"

窗外亮起一片白光,紧接着传来震耳欲聋的雷鸣。

"啊……"

雷鸣声消逝后,智佳忍不住惊呼一声。

她盯着空中一点,表情变得异常僵硬。秋内顺着她的目光看过去,什么都没有看到。他心情复杂地重新看着智佳,她的目光似乎没有焦点,只是停留在空中。此时,秋内才意识到真相。

是声音。

声音好像来自电视机,柜台里那台老式电视机。店主似乎打开了它,只是秋内这个角度看不见而已。那台电视机不是坏了、发不出声音了吗?难道修好了?

"二楼前方的窗户……"

"玄关旁的狗屋……"

"就像等比例缩小的房子……"

谁也没有说话。

店主坐在吧凳上,专心地摆弄着什么东西。秋内眯起眼睛打量了一会儿。

是模型。一个歪歪扭扭的圆筒形建筑模型,可能是座塔。塔顶缺了一块,仿佛尚未完工就被弃置了。

秋内好像知道那是什么模型,他以前好像见过。

"啊,对了!"

秋内终于想起来了。

"是巴别塔。"

第三章

（一）

"你来啦。"

下班后，秋内赶到仓石庄，间宫在门口对他说明了情况。他听相模医科大学附属医院的职员说，阳介出事之后，OB就一直待在医院的绿化带里。由于他们不知道有条狗逃离了阳介的事故现场，就把OB当成了一只普通的流浪狗，没有管它，但是后来考虑到狗可能会咬伤病人，便联系了动物保护组织。

"动物保护组织的人赶到后，成功捕获了OB，而你的同事正好去派件，看到了那一幕。"

"后来OB怎么样了？"

"暂时寄养在我这里，它就在屋里呢。"

间宫侧过身，让秋内进了屋。秋内快步走进去，墙边突然发出"哐当"一声。只见浑身脏兮兮的OB缩在方形的铁笼里，抬头看着秋内，前腿还在瑟瑟发抖。它脖子上的红色狗绳已经被取下来,放在笼子旁边。

"它很害怕吗?"

秋内走过去,OB缩得更紧了,还压低了脑袋,鼻子一个劲儿地喷气。它的样子跟秋内上次见到它时截然不同,原本光滑的褐色毛发脱落了许多,有的地方还露出了粉红色的皮肤。它瘦了很多。莫非那天以后它都没吃过东西?笼子里有个铝制食盆,里面装着貌似狗粮的褐色东西,但它好像一口都没吃过。

"不能说是害怕,应该说是不适应。毕竟它突然被一群陌生人按住,又突然被陌生人带到陌生的屋子里。"

间宫盘腿坐在榻榻米上,看着OB直挠头。

"我准备让它待在笼子里,直到适应这个房间。如果现在把它放出来,它可能更不适应。"

"是这样吗?"

"就是这样。啊,好痛!"

间宫从蓬乱的头发里抽出右手,皱着眉头,凝视着自己的食指。他的指尖有些红肿。

"您的手指怎么了?"

"哦,没什么。你说OB的笼子怎么办?现在这个笼子是墨西哥毒蜥的笼子,所以有点儿小。"

"哎,那个C蜥蜴去哪里了?"

秋内看了一眼屋子正中的圆形矮桌,桌上摆着泡面盒、醋瓶,还有尖端发黄的一次性筷子、一瓶烤肉汁,唯独不见那个长相诡异的生物。

"C蜥蜴?"

"就是那个白色跟褐色相间的大家伙。"

间宫恍然大悟,用下巴指了指关着OB的笼子。

"在里面啊。"

"在里面?"

间宫看着OB的食盆,那个看似装着狗粮的铝制食盆。

秋内惊呆了,他的脑中闪过昨夜与间宫的对话。

"这只蜥蜴……是您养的吗?"秋内这样问。

"不,是借来当资料用的。"间宫这样回答。

"资料用……资料……"

秋内咽了口唾沫。

"饲料……"

怎么会这样?难道他听错了吗?

"老师……你怎么弄的?"

"什么怎么弄的?"

"蜥蜴……是怎么烹饪的?"

"不用烹饪,生食,只是切碎了方便食用而已。"

"切碎……"

"墨西哥毒蜥的血液和肌肉含有抑制兴奋的成分,可是一旦加热,那种成分就会被分解,因此要生食。我这根手指就是刚才弄伤的。我还以为它左右两边的毒牙都已经去掉了,没想到左边还剩了一颗。好痛啊……"

间宫朝红肿的手指吹了几口气,然后抬起头,看着秋内。

"你吃吗?冰箱里还剩了一点儿。"

"不用了!"

"可以抑制兴奋哦!"

"我觉得不太行!"

"你相信了?"

"什么?"

"你相信我说的话了?"

间宫往后缩了缩,似乎想打量秋内的全身,然后喃喃道:"你好单纯啊!宠物狗怎么会吃蜥蜴肉呢?我做完了研究,把蜥蜴还给研究所了。"

间宫握住胸口的十字架,合上了眼睛。他嘴里念念有词,似乎在忏悔自己的谎言,但秋内觉得他搞错了忏悔的对象。

"那您的手指怎么回事?"秋内叹了一口气问道。

"哦,这个吗?白天我在学校看到一只虻,就想实践一下'稻草富翁'的故事,看看我能否走运。"

"我不太懂您的意思。"

"你没听过'稻草富翁'吗?一个穷人在路边捡了一根稻草,后来成了富翁。"

"我听过。"

"那个穷人一开始不是用稻草穿了虻吗?于是我决定试试。

我先找搞园艺的阿姨要了一根草帽上的稻草,然后把虻穿上去,但是根本穿不上!"

间宫苦着脸摇了摇头。

"怎么试都不行,稻草根本穿不进虻的身体里。那个故事有可能是骗人的!"

间宫得意地笑了起来。

"当然是骗人的啊!"

OB 动了动。他转过去一看,只见 OB 正顺着笼子边缘不停地转圈,过了一会儿,它又突然趴下来,开始舔自己的前脚。他又盯着它看了一会儿,OB 一直舔个不停。

"原地打转,不停地舔前足,这是典型的有压力的表现……"间宫叹了口气,挠了挠膝盖。

"因为它被带到了陌生的地方,所以才这样吗?"

"不,问题不在于陌生的地方。OB 可能感觉到,它被带到这里,意味着它再也见不到主人了,这给它造成了很大的压力。"

"因为见不到主人?"

秋内很难理解这个原因。

"可是老师,阳介君几天前就……"

"狗理解不了那种事。"间宫略显悲伤地看着他,"秋内君,你认为 OB 为什么一直待在医院的绿化带里?"

"嗯……因为阳介君被送到了那家医院?"

"没错。那么,你觉得它是怎么知道阳介君在那家医院的?"

"它是闻着阳介君的气味追过去的？"

"狗的嗅觉没那么厉害，阳介君是被抬上救护车送过去的。"

"那……嗯……"

见他回答不上来，间宫开始解释：

"我认为，发生事故那天，OB追着阳介君的救护车到了医院。刚出事时，OB因为周围的车和人群受到惊吓，暂时逃跑了。可是它还惦念着主人阳介君，后来又返回了现场。这对宠物犬来说是很自然的行为。回到现场后，OB看见阳介君被抬上了救护车。"

"哦，原来如此！于是，OB就追在救护车后面去了医院？"

"我猜是这样。应该有很多人看到OB追车的情景，但是谁都没有太在意。他们可能会想：谁家的狗跑出来了？OB到达医院后，一直躲在绿化带里等阳介君，因为它以为主人进去了肯定还会出来。OB不知道医院是什么地方，也不知道人被送进医院后再也不出来意味着什么。另外，它也不理解阳介君受伤这件事，更不知道人受伤过重有可能死去，所以，OB一直在那里等待。"说完，间宫转头看着OB。

原来是这样。OB一直在医院门口等待阳介君，它坚信阳介君还会从那里走出来。

"OB虽然是一条杂种狗，但是它有柴犬的血统呢。你看它的毛发、四肢和腰部的外形、直立的耳朵、卷曲的尾巴……它可能有四分之一柴犬的血统。"

听他这么一说,秋内也觉得OB的确有些像柴犬。

"对了,我听说柴犬特别忠诚。"

"不管怎么说,想让OB习惯新的环境和伙伴,恐怕很困难……这是一个大工程啊!"

间宫抱着胳膊,抿紧了嘴唇。

秋内看着瘦削脱毛的OB,突然有种难以形容的心情。OB还在笼子里执拗地舔着前爪,一下又一下。秋内站起来,向OB走去。

"别害怕,不用担心!"

OB猛地直起身子,呼吸变得急促,还一直往后缩。

"秋内君,动物听不懂人话。"

"也对啊。"

"要用动作与它交流。"

"动作?"

"对,动作,肢体语言,像我这样。"说着,间宫四肢着地、跪在榻榻米上。

"如果你从正面靠近,狗会特别警觉。若我们的头部位置很高,它就会更害怕。想让狗放松警惕,首先要放低姿势,从旁边靠近。"

间宫手脚并用地从侧面缓缓爬向OB。

"接着,用屁股对着狗,因为狗习惯通过嗅闻臀部的气味来判断对方的性别和性格,要跟狗当朋友,首先要露出屁股。"

间宫开始移动身体,过了好久,他的身体才转了一百八十度。OB 似乎对间宫的臀部产生了兴趣,它凑到笼子侧面,闻了闻他的牛仔裤。

"为了让狗彻底平静下来,还要这样做。"

间宫依旧四肢着地,还把下巴搁在地板上,假装懒散地打了个大哈欠。OB 目不转睛地看着他。间宫打了几个哈欠之后,小声地对秋内说道:

"这种肢体语言叫舒缓信号。"

"这……哎,哪种?"

"就是这种啊,整个人显得很懒惰,比如瘫软在地,或者打哈欠。"间宫小声解释道。

"狗的祖先是狼,它们拥有一套名叫'阻断信号'的肢体语言。具体来说,就是避免无谓的争斗,维持群体稳定,阻断个体攻击性的信号。狼看见对方发出这种信号,会本能地停止攻击行为。狗也有类似的肢体语言,就是我刚才说的舒缓信号。狗在感到害怕和紧张时,会故意做出懒散的动作,让对方和自己的心情平静下来,避免混乱的场面。狗的这种表现,是为了让自己恢复平静,也让对方停止攻击。"

"哦,这样啊。"

"你瞧,这难道不像'我不想跟你打架'的意思吗?"

"嗯,是很像。"

不过,间宫表演起这个动作来,更像一个废人。

"如果没有这些信号,狗和狼一旦与同类发生冲突,就要打到其中一方受致命伤才肯罢休,所以,这是为了种群生存而发明的信号,就好像招潮蟹的蟹钳。"

"招潮蟹?"

"对,招潮蟹,它的两只蟹钳中有一只蟹钳特别大。雄蟹相争的时候不会使用物理性攻击,而是比谁的钳大,大者获胜,败者老老实实地离开。"

间宫两手比出剪刀的形状,开合了好几下。

"所以,狼、狗和招潮蟹都比人类聪明多了。它们都知道不动干戈就能解决矛盾的方法。"说完,间宫又打了个大哈欠。

"老师,舒缓信号我可以理解,可是人类做那种动作,狗能理解吗?"

"当然可以啊,人类也是动物嘛!将人类和动物割裂开就像否认茶是一种饮料一样,对人类来说,太失礼了!"

不一会儿,OB又有了别的动作。它不再闻间宫的屁股,而是呆坐了一会儿,继而凑近了装满狗粮的食盆。秋内屏住呼吸,凝视它的举动,只见它伸出舌头舔了一口,然后小心翼翼地吃了起来。

"老师,它吃了!"秋内小声说道。

"啊,真的吗?"

间宫转头看向笼子,眼神慵懒,声音也拖得很长,他仿佛在表演完懒散的样子后真的变懒散了。

"啊……我有点儿累了,我还是睡觉吧。"

果然如此。

"秋内君,冰箱里有大麦茶,你拿去喝吧。我要睡觉了,你随便坐坐。"

"啊,那我就不客气了……我回去时该怎么办呢?"

"大门的锁坏了,不用费心上锁,因为锁不上,呵呵。"

间宫从壁橱里拿出被褥,在地上铺好,慢吞吞地爬上去躺下了。秋内看着他,他竟然瞬间入睡,胸口配合舒缓的呼吸上下起伏,竟然睡得很香。

"啊,对了,老师……"

秋内突然想起要问的问题,便走过去摇晃间宫。间宫睁开了眼睛,但秋内几乎只能看见他的眼白。

"嗯,秋内君……你怎么还在啊?该回家了……"

"才过了几秒钟啊!老师,您昨天不是给我讲了声调高低的理论吗?"

"哦,那个啊……"

"我一点儿都不觉得羽住同学跟我说话时的声调变高了。"

"我不是说了'稍微'嘛,一般人是听不出变化来的。"说完,间宫又睡着了。

"一般人是听不出……"

这证明间宫很不一般吗?或许他不光外表奇特,听觉也比一般人类更敏锐。

秋内眼前浮现出智佳的脸,然后是京也的脸。他做了个深呼吸,两人的面容淡去了一些。

不能想,不能想。

秋内看向笼子,OB已经在大快朵颐了。

(二)

翌日,秋内一早就对京也、智佳和弘子说了OB的事情。京也看起来对这件事没什么兴趣,智佳和弘子都很高兴。

"OB看到间宫老师是不是吓了一大跳?毕竟他是这个样子的啊。"

弘子双手在脑袋上画了个巨大的圆形。

"不过,我也没想到自己能这么快找到它,看来鼓起勇气找老板帮忙是对的!"

秋内不着痕迹地强调了自己的功劳,然后窥视智佳的表情。智佳看着他,露出了微笑。那似乎是在她的脸上极少见到的女性的微笑。

这个人竟然为了一条狗这么拼命,真是有些奇怪!这是否证明他温柔直率、忠厚仁慈呢?说不定这种男人才最值得信赖——智佳的笑容明显表达了这些意思。

看到她的笑容,秋内毫不犹豫地把自己对京也的怀疑抛到了脑后。不对,不能说完全抛到了脑后,但至少他觉得,自己能跟京也平起平坐了。

两天后是星期六,这一天,秋内证明了那并不完全是自己的一厢情愿。

这是一个星期六的下午。

秋内待在出租屋里呆呆地看电视,突然电话响了,是母亲打来的。

"你没收到我给你的电话留言吗?我不是叫你回电话吗?"

"啊?哦,你说中元节回家的事啊!"

对啊,他把这件事忘得一干二净。

"不好意思,最近有点儿忙,一直没打成。我应该会回去。"

"应该是什么意思?你可能不回来吗?"

"我想我会回去的。"

"你想?"

"我回去。"

"啊,是吗?那我就告诉你爸爸了。还有,你熟悉互联网吗?你爸爸从客人那里买了台电脑。'铁子光纤'这家公司怎么样?"

"那家公司叫TEPCO,① 哪来的'铁子光纤'!"

"哦,那就那个吧……你说的这家网络供应商真的好吗?"

---

① TEPCO,即东京电力公司,其日语发音近似"铁子光纤"的发音。

"还可以吧,费用也不高。"

"是吗?既然你说可以,那就这样吧。啊,还有,你爸爸想用电脑看影碟,所以他想要一个播放影碟的……播放器?是叫这个名字,对吗?"

"对,就叫播放器。"

"你爸爸想买个外接播放器,客人给他推荐了一个机型,他叫我问问你。"

"我也不太了解……什么牌子的?"

"你等等啊,你爸爸留了一张纸条……哦,找到了,找到了。牌子,牌子……嗯……一零资讯?"

"一零资讯?"

"你爸的纸条上是这样写的,好奇怪的名字啊!"

"你说的应该是 I/O 资讯。"

"啊?哎呀,好像真的是。哈哈哈,原来是英文字母啊,真是的!"

"那个牌子挺有名的,应该可以吧。"

"你没有随便应付我吧?你爸叫我问仔细点儿……啊,我要挂了。"

"啊?"

"木原先生的《料理康康》节目要开始了。再见。"

母亲真的挂了电话。

"搞什么啊……"

秋内叹息着放下听筒,重新看向电视机屏幕。他和母亲好像在看同一个频道。母亲最喜欢的木原先生主持的料理节目刚刚开始。这个身材微胖的料理研究家身上一点儿男子气概都没有,不过他能说会道,很受妈妈们欢迎。他最明显的特点就是粗框银边眼镜。今年过年回家时,秋内看到父亲也戴了类似的眼镜,可能是母亲给他买的吧。

秋内躺在榻榻米上,两手枕着脑袋,凝视天花板。屋里依旧闷热无比。

快递的工作今天下午三点才开始,在此之前,他无事可做。

不如给京也打个电话吧。他想了想,又很快打消了那个念头。

昨天和前天,秋内几次想在学校里质问他关于智佳的事情,可是,他怎么都开不了口。京也好像察觉到秋内有点儿奇怪,两次问他怎么了,每次京也的表情都跟平时没有什么不同,所以秋内只好笑着摇摇头。

"没什么,我还是老样子。我倒想问问你究竟怎么了?最近是不是遇到什么怪事了?"只可惜,秋内没有勇气说出这些话。

外面有辆大车开过,走廊上的饮料瓶被震得叮当作响。

"要不去看看 OB 吧……"

不知道间宫在不在家。

如果他突然找上门去,又碰到间宫在祈祷,那就太尴尬了。秋内拿起扔在地上的手机,找到"间宫老师"的通话记录,按下拨号键。就在那个瞬间,手机响了。秋内没收住按键的手,铃声骤然消失。他一时没明白发生了什么事,再看手机屏幕,手机已经进入了通话状态。看来是他正要拨号时,恰好有人打来了电话,而他按下了通话键,转眼就接通了电话。屏幕上显示"正在通话",下面还显示着通话时间:三秒……四秒……数字上方显示了通话人姓名。看到那个名字,秋内惊呼一声。

怎么回事?她怎么打过来了?

他猛地坐起身来。

"你……你好。"他的声音哽住了。

秋内感到后腰肌肉不受控制地收缩,握手机的力度加大了几分。

"哎……静君?"

打电话的人是智佳。

"电话一下子就接通了,吓我一跳!"

"刚才……我正好要打电话,没想到突然有电话打进来,拇指就……拇指……"

"啊,偶尔是会有这样的情况呢。"

"对,偶尔会有这样的情况。真是的,受不了。"

"你现在方便吗?"

"方便、方便、方便。"秋内用光速回答道,"怎么了?"

"其实我有句话要对静君说。"

其实我有句话要对静君说——智佳竟说出了秋内曾经幻想

过的台词。如果只看文字,那句话无疑会让秋内瞬间兴奋起来并且充满期待。然而,智佳的语气让他控制住了自己。

"听起来很严重啊!"

"嗯……是的!"

秋内想:智佳想对我说的话,莫非跟京也有关?那这可能也是个好机会。听了智佳的话,就能搞清事实的真相,如此一来,我至少可以摆脱现在这种焦虑的状态。

"可以啊,你说吧!"

秋内举着手机,绷直了身体,摆出倾听的姿势。但是智佳告诉他,有些话在电话里不好说。

"如果可以的话,我想约你出来说。"

如果可以的话,我想约你出来说——这句话在秋内脑中回荡了许久。这句话光是文字就足够让秋内到达兴奋和期待的顶峰了。他强忍着内心的悸动,飞快地告诉她,他三点之前都有空,最后还提出,可以现在就到"尼古拉斯"见她。

"好吧……三十分钟后可以吗?"

"嗯,可以!"

秋内结束了通话。那个瞬间,后腰紧绷的肌肉放松下来,让他感觉整个屁股都融进了地板里。

骑自行车到"尼古拉斯"只需要十分钟,但秋内已经在家里待不住了,他立刻出了门。

秋内已经能看到前方坐在屋顶上的巨大圣诞老人了。他记得菜单背后有一段文字介绍，说"尼古拉斯"是指"圣·尼古拉斯"，也就是圣诞老人的原型。

他穿过停车场，把山地车停在自行车场，然后看了一眼手表。结束通话后只过了七分钟。他掀起 T 恤擦了擦汗。还有二十三分钟才到约定的时间，但智佳也可能提前到达。秋内兴奋地整理了一下发型，顺便查看了一下短裤的拉链是否拉好了。

"咦？"

他突然注意到旁边那辆破自行车，觉得好像在哪儿见过它。他的目光转向后轮的挡泥板，上面果然用马克笔写着间宫未知夫的姓名、住址和电话号码。

他来这里吃午饭了吗？

秋内看向店门口的台阶，发现间宫站在台阶中段的平台上，似乎刚从店里出来。秋内正要上前跟他打招呼，却看到又有两个人从店里走了出来，不禁闭上了嘴。

走出来的两个人是京也和弘子。

他飞快地思考：那两个人怎么跟间宫在一起？难道他们三个人一起吃饭了？这也太奇怪了！他们之间的气氛看起来很奇怪。间宫面露尴尬，京也和弘子在后面一言不发，他俩的脸上都带着愤怒，不对，那应该是烦躁，那应该不是愉快的表情。莫非京也跟弘子吵架了？他有点儿好奇。他们两个人可能谈到了智佳。如果他走过去凑热闹，可能会影响他自己和智佳谈话。

秋内脑中浮现出下面这个场景。

"你们怎么了?"秋内问京也和弘子。

京也和弘子争先恐后地说:

"秋内,你听我说!"

"不行,你听我说!"

"走开,是我先来的!"

"是我先来的!"

"啊,智佳来了!"

"那正好,智佳,你也听我说!"

"不,先听我说!"

……

这样不行。野性本能要求秋内躲起来,于是他飞快地藏到了水泥柱后面。这时距离他看到间宫,只过去了几秒钟。

他紧贴着水泥柱,偷看那三个人。他们下了楼梯,朝这边走来。这时秋内才发现,自行车场的角落里停着一辆进口的标致牌自行车,还有一辆可爱的淡黄色自行车,那分别是京也和弘子的自行车。两个人走到自行车场,一言不发地跨上了各自的自行车。

"那你们两个……注意安全哦!"间宫对他们说了一句。

京也没有回答,弘子抬手摸着脖子,微微点了一下头。然后,两人便离开了。间宫挠着头,目送他们远去。京也和弘子来到路边,竟然一句话都没说,径直分别转向了左边和右边。

"你为什么要藏起来？"

间宫突然回过头来，秋内吓了一跳。他抬起头，从柱子后面走出去。

"您发现我了吗？"

"这只是简单的推理。"间宫耸耸肩回答道，"你的角马头自行车停在这里，但是你不在店里，而且，我在台阶上看到你藏起来了。"

"那么这就不是推理了呀！"秋内先顶撞了一句，然后解释道，"我一开始只看到了间宫老师，正要打招呼，没想到京也和弘子也出来了。"

"你为什么看到他们就躲起来了？"

"怎么说呢？我是情不自禁地这样做的。我觉得他们之间的气氛有些紧张。"

"因此你不想掺和进去？"间宫露齿一笑。

"也不是那样。"

其实就是那样。

"不过间宫老师，您怎么跟他们在一起？"

"碰巧而已。我正在吃饭，他们坐到了我身后的座位上。我正要回头打招呼，却听见他们聊起了很严肃的事情，所以没敢吱声……唉，搞得我坐也不是、站也不是，太尴尬了！"

间宫表演了一遍听到背后的声音后不知如何是好的动作。

"实在没办法，我只好小口喝水，然后趁他们不注意飞快地去结账,没想到那两个人也走过来结账了。"

"结果他们还是在收银台看到了您?"

"没错。当然,一开始我假装刚看见他们说:'哎,这不是友江君和卷坂君嘛!'"

间宫又表演了一遍,他的表演看起来十分做作。京也和弘子肯定能看出来他在演戏。

"然后,我就跟他们一起走出来了,没请他们吃饭。"

"他们两个人到底说了什么严肃的话题?"

间宫为难地歪着头。

"我也不清楚,因为店里太吵了,他们的说话声又特别小,几乎听不见,但我还是听到了一些片段,比如'对我说真话''我说的就是真话'之类。啊,还有'我根本不会有那种意思'。你说他们在谈什么呢?"

间宫还听到了不少内容,不愧是拥有超人听觉的人。

"我根本不会有那种意思……"

秋内重复了一遍,心中宛如被泼了冷水。他知道那两个人在说什么、在说谁。

"秋内君,你怎么了?"

他过了好几秒钟才反应过来。

"啊,没什么,我没事。"

他把京也他们强行抛到脑后,看着间宫。

"对了,老师,OB 后来怎么样?"

"它已经习惯了我房间的环境,我把它从笼子里放出来了。不过,它现在很不愿意离开屋子,可能上次被动物保护组织的人抓住,留下了很大的心理阴影吧。"

秋内好像也能明白那种心情。

"哦,对了,我明天要去椎崎老师家,你来吗?"

"您去干什么?"

"OB需要一些东西,我去拿一趟。你去吗?"

"他为什么要拉着我去?"秋内心里觉得有些奇怪,但还是点头答应了。

"上午可以。"

秋内明天下午要打工。

"那我们就上午去吧!咦?"

间宫突然看向停车场入口。秋内顺着他的目光看过去,发现智佳正站在店门口的人行道上,面无表情地看着他们。

"原来是这样啊!"间宫一字一顿地说着,转向了秋内,他的眼睛眯得像自动售货机的投币孔一样细,接着,他突然大声说,"哎呀,不好,我得回学校了!"

他匆匆跨上了自行车。秋内不禁想:你演技这么差,还不如不辞而别!间宫扶好车头,一脚踩在脚踏板上,似乎想起了什么,转头对秋内飞快地说:

"告白要压低声音,这样可以展现自己的男性荷尔蒙!记住了!"

说完,他就用修长的胳膊和腿骑着女式自行车,离开了自行车场。经过智佳的身边时,间宫还对她做了个敬礼的动作。秋内不敢想象他那一刻是什么表情。

"不好意思,你等很久了吗?"智佳走了过来。

"没有,我刚到,正好碰到间宫老师了。他在这里吃午饭。"秋内指着楼上的餐厅说道。

"哦,原来间宫老师也会在这种地方吃饭啊!"

智佳可能以为间宫平时靠刨土和摘果子果腹。

"还真的会。对了,他还在店里碰到了京……"

说到这里,秋内猛地停了下来。他应该把京也他们的事情告诉智佳吗?不,还是暂时保密吧。秋内很快做出了判断。如果智佳要跟他谈京也,最好先别告诉她京也跟弘子吵架的事情。那样一定会让事情变得更加复杂。

"京什么?"

"京……精神亢奋的店员。"秋内勉强地敷衍过去,转身走上台阶。

"静君,真对不起,麻烦你跑出来!"

"没什么,我刚调好变速器,正好有空。"

"变速器?"

"啊,就是山地车的变速装置。"

"对不起,我不该用专业术语。"秋内想表达这样的暗示。事实上,他刚才在家里看电视。

智佳走到台阶中段的平台上,突然停了下来。

"已经快一个星期了呢……"

她缓缓地眨着眼,把手搭在水泥扶手上,看着下方的马路。

双向两车道向左右延伸,对面人行道的路边摆着几束鲜花,还能看到貌似信的物体。六天前,他们的小朋友在那里遭遇车祸,失去了生命。秋内不禁愕然。因为那一刻,他跟智佳并肩走上台阶时,脑子里早已忘却了那场事故。他明明如此在意,还决心亲自调查事故的原因啊……

秋内对自己的侦探把戏感到一阵厌恶。

"发生事故时,你们几个正好站在台阶上呢。"秋内看着智佳。

"你们没看到阳介君被撞……车祸的瞬间,对吧?"

智佳点点头。

"京也君站在平台这里,没看见。我和弘子还在楼梯最上面,也没看见。"

秋内他们停留的地方,就是阳介出车祸时京也所在的位置。秋内的眼前有几根电线。那天,电线上停了一群麻雀,京也举起钓鱼包……

那一刻,秋内突然感到奇怪。可是,他并没有马上发现哪里奇怪,总觉得哪里有些奇怪。他目不转睛地凝视着电线。

"看得见啊……"

他总算明白了。

他眼前就是人行道,能清楚地看见那天阳介出事的位置,连OB赖着不走的位置也能看到。那天出事前,京也真的没看到阳介和OB吗?如果他的目光集中在麻雀身上,那他肯定能看见对面的小孩儿和狗。

"看得见什么?"

智佳奇怪地追逐秋内的视线,秋内摇了摇头。

"对不起,没什么。"

京也肯定没注意到,肯定是。

走进"尼古拉斯",秋内和智佳找了张圆桌坐下。这是秋内第一次单独跟女性吃饭,而且对象还是智佳。他应该用什么姿势靠在椅子上呢?手应该放在哪里呢?

"精神亢奋的店员呢?"智佳边说边环视店内。

秋内连忙寻找看起来很亢奋的人,但是没找到。

"不知道,可能下班了吧。"他勉强搪塞过去,拿起水杯喝了一口。

智佳也拿起了杯子。

接着,两人沉默了一会儿。秋内耐心地等着智佳挑起话题。

"那个,我……"

智佳好不容易开口了,却有一个店员走过来点菜。两个人各自点了套餐,店员将他们点的菜输入点菜机,又向他们确认了一遍才离开。他们再次陷入沉默。智佳一直凝视着空中,偶尔笔直地看向秋内。秋内则小口喝着杯里的水,最后还是把水喝完了。很快,店员送来了他们点的套餐,桌上变得热闹起来。接着,店员又打手势问他要不要加水,秋内点点头。加好水后,秋内拿起叉子,戳向肉饼。

那句话来得很突然。

"是我杀了阳介君!"

(三)

第二天是星期日。清晨,秋内与间宫并肩走在足以融化鞋底的滚烫的柏油马路上。今天太热了,知了那延绵不绝的叫声更加让人感到炎热难耐。

"我考虑过带 OB 一起去,可它还是不愿意外出,而且椎崎老师见到它,可能也会不好受。"

间宫穿着剪掉下半截儿裤腿的牛仔裤和松松垮垮的 T 恤,明显休闲过头了。他穿得这么休闲,并非因为今天是休息日,他平时去大学讲课也是类似的打扮。对他来说,工作状态与休闲状态的唯一区别大概就是牛仔裤裤腿的长度。

"不过话说回来,没想到 OB 跟间宫老师这么快就熟悉起来了,我本来还以为这是一件很困难的事呢。"

"只要坚持跟对方使用同一种语言交流,沟通就会顺利很多,无论沟通对象是哪种动物。"

"同一种语言?您是说学狗做动作吗?"

"对,也不对。那不是学狗做动作,而是发出信号。"

这只是换了个说法而已。

"只要语言相通,很多事都能顺利完成。如果上帝没有赋予人类不同的语言,也许巴别塔都能建成。"

"什么?"

"巴别塔,你不知道吗?"

秋内还是很不习惯间宫突然换话题的做法,可是间宫并不理睬他的困惑,而是继续说:

"这是《圣经》故事中的传说。很久以前,所有人都使用同一种语言。有一天,人类决定修建一座直达天堂的塔,那就是巴别塔。但是,人类的这一举动触怒了上帝,因为人们这是在亵渎他。于是,上帝决定阻止人类建塔。你猜他做了什么?"

"不知道……"

"上帝让人们使用不同的语言。结果,人类果然无法继续修建巴别塔,而且分散到了世界各地,形成了现在的世界。"

"哦……"

"上帝深知语言相通的力量。当然,语言只是人类之间沟通的工具,但我认为,人类和动物之间也一样,只要语言相通,就无所不能,连通天的塔都能建起来。"

"哦,原来是这样啊!"

这大概也叫"悖论"吧！

间宫眯着眼睛,痴痴地看着夏日的天空。秋内不禁想:这个人真的有点儿像稻草人。

"上帝虽然出手阻止建巴别塔,可我真想看看建好的巴别塔是什么样子。所谓的巴别塔,究竟有多高呢?"

秋内顺着间宫的视线看了过去。

"是我杀了阳介君!"

昨天,智佳坐在"尼古拉斯"的座位上,神情凝重地看着他。

"那天我们一起离开渔港时,我对阳介君说了一句话。"

智佳极力压抑着感情,向秋内坦白。

"你要小心,千万别放开狗绳!"

智佳说,阳介出事那天,智佳在渔港跟京也他们碰头,然后聊了一会儿。当时,OB突然把头伸进了装鱼饵的桶里。

"OB应该是对那个气味很好奇。它突然跑开,是因为阳介君不小心松掉了狗绳。"

如此说来,秋内在渔港时,也目睹了同样的情景。

智佳看到那一幕后,突然有些担心,若是在车来车往的马路上,OB挣脱狗绳乱跑会很危险。如果阳介没拉住,OB有可能被车撞到,所以,那天离开渔港时,智佳才会嘱咐阳介千万不能放开狗绳。

"所以……这等于是我害死了阳介君!"

智佳说话时,用力绷紧了脖子,仿佛不这么做,她就会忍不住哭出来。

"如果那一刻阳介君没有把狗绳缠在手上,就算 OB 突然跑出去,也不会把阳介君拽到车道上了。"

秋内想:的确有可能是这样的。

但是,他马上又想到了另外一件事。

"羽住同学,我想请你回忆一下。"

接着,他默默整理了一会儿思绪,然后开口问道:

"羽住同学在渔港出口叮嘱阳介君时,他已经把狗绳缠在手上了吗?"

"这个我记得不太清楚了……我只记得他笑着说'你放心吧',但结果还是一样啊。阳介君一定是想起了我的话,才把狗绳……"

秋内拼命思考,用前所未有的专注拼命思考。出事那一刻,狗绳的确缠在阳介的右手上,所以阳介才会出事。从这个意义上说,智佳的话没有错。如果阳介只是握着 OB 的狗绳,可能就不会发生那种悲剧了,可是……

秋内脑海中浮现出一个情景。出事前一刻,秋内看见了阳介和 OB。OB 坐在地上不愿走动,阳介见它那样,对它说了几句话,还拽了好几下狗绳……他就站在 OB 的身边。

对啊,当时阳介就在 OB 的身边!

秋内猛地看向智佳。

"阳介君不是因为听了羽住同学的话,才把狗绳缠在手上的。"

智佳的脸上露出困惑的表情,秋内飞快地描述了自己看到的场景,然后继续说道:

"出事前一刻,阳介君站在OB的身边,用力拽着狗绳,想让OB走起来,换言之,当时狗绳很短。"

"嗯,可是……"

"狗绳很短,意味着大部分狗绳都缠在了阳介君的手上,然而,那不是为了牵狗散步。阳介君当时把狗绳缠在手上,是因为OB赖在路上不走,他想把它拉走,所以,当OB突然跑出去时,阳介君才反应不过来。这不是羽住同学的错!阳介君把狗绳缠在手上,不是羽住同学的错,而是因为OB赖在路上不走!"

"事故前一刻缠上的……"智佳喃喃自语道。

不一会儿,她好像理解了秋内的意思,看着他的眼神多了几分释然,但好景不长,那种眼神很快就消失了。

"可是在此之前,阳介君说不定记着我说的话,已经缠了一段狗绳在手上了……"

"嗯,这个嘛……"

"就算OB不赖在路上,也可能出事。"

秋内无言以对,智佳说得没错。

说到最后,也许只有阳介本人和OB才知道他什么时候把狗绳缠在了手上。

接下来,两人只是默默地看着桌上那没吃几口、早已放凉的套餐。

此时此刻,秋内在想:如果对方不是智佳,我昨天还会说同样的话吗?面对有可能害死了阳介的人,我真的会极力否定对方的说法吗?假如对方是我平时看不顺眼的人,假如那个人有前科,我还会那样做吗?假如那个人是京也……

"你在思考很复杂的事情吗?"

间宫的声音让秋内回到了现实。

"啊,没什么。"

"真的?"

"真的。"

"其实你是在思考什么事吧?"

"真的没有!"

"那你的脑袋怎么会变成那样?"

间宫指着地面。

秋内的影子落在柏油地面上,头发又蓬又乱,仿佛被炸开了。

"是跟老师的影子重叠了吧!"

"啊,真的呢!"

两人又走了一会儿,秋内漫不经心地问道:

"老师,你认为上帝真的存在吗?"

信基督教的人碰到秋内发出的这种疑问,会有怎样的心情呢?

"哦,我不认为他真的存在。"

他的回答让秋内很意外,秋内忍不住向他看去。

间宫微笑着继续说道:

"我决定让自己的心停留在时刻祈祷上帝存在的状态,不管是不是基督徒,那可能是人最完美的形态。"

"最完美的形态……"

秋内反复思索着间宫的话。他不太理解其中确切的意思,但他好像可以赞同。

"哦,我们到了。"

秋内抬头一看,他们已经来到了镜子家门前。眼前是一座红色三角形房顶的屋子,门口还有个同样形状的狗屋。对了,他还没问间宫叫他来这里做什么。

间宫有什么想法吗?是跟 OB 有关,还是跟事故有关?

间宫按下门铃,过了一会儿,门的另一边传来镜子细弱的声音,二人被请了进去。

(四)

几天不见,镜子比秋内在出云阁见到她那天更憔悴了。她穿着黑色长裙和灰色上衣——可能是丧服。房子里有淡淡的线香味。

镜子说去倒茶,间宫笑着拦住了她。

"我们很快就走,还有事情要忙。"

"但至少喝一杯大麦茶……"

"没关系的。秋内君,对吧?"

"啊,是的。"

秋内与间宫并排坐在起居室的四人餐桌旁。桌上摆着一个照片架,除此之外什么都没有。阳介和镜子在椭圆形的照片中露出了灿烂的笑容。照片的背景中有一架模糊的秋千,这应该是在某个公园拍的。照片上的镜子跟现在没什么变化,阳介则比秋内最后一次见他时年幼许多。两个人都看着镜头,朝对方歪着头。照片中的氛围特别好,秋内仿佛能听见公园里的欢声笑语。

秋内抬起头。起居室有一部分是挑高设计,可以看见带围栏的二楼走廊。走廊上有两扇门,其中一扇门上挂着木牌,贴着阳介名字罗马字"YOSUKE"的木雕字母。字母贴得东倒西歪,这应该是阳介做的。秋内看得心里难受,马上移开了视线。

随后,他发现房间的一角摆着三个特别大的纸袋。他看不见里面是什么,但每个纸袋都里里外外套了三层,似乎装着很重的东西。

镜子茫然地坐在了餐桌的另一边。

"间宫老师,这次 OB 的事情真是给你添麻烦了……"她的声音虚弱无力,不再像讲课时那样清澈洪亮了。

"没什么,一点儿都不麻烦!椎崎老师,你怎么样?感觉好些了吗?"

这个过于直白的提问,让秋内心中一颤。

镜子微笑着歪过头,既没有肯定,也没有否定。她就这样待了很久,秋内担心间宫的话得罪了她,正要开口救场,却听见镜子说话了。

"丈夫走了,阳介和 OB 也不在了……这个家最后只剩下我一个人,"镜子看向照片,"这都怪我……"

间宫平静地摇了摇头。

"怎么能这么说呢?谁也无法预见命运。"

"真的吗?"

"真的,谁也猜不到将来会发生什么。"

秋内一时无法理解两人话中之意,镜子为什么会说"这都怪我"?

"椎崎老师,我上次在电话里提到的东西,你准备好了吗?"间宫换了个语气问道。

"嗯,就在那里……"镜子指着那三个大纸袋说道。

"不过那些东西很重,我给你叫辆出租车吧!"

"不用,那太浪费了,我们把它们提回去吧!这位同学力气很大。"间宫笑着看了秋内一眼。

"啊,让我拎?"

"你这是什么表情?难道你对自己的力气没自信吗?"间宫

惊讶地瞪大了眼睛。

"不,其实还行。"

"搞什么嘛,别吓唬我……"

"袋子里装的是狗粮。"镜子在餐桌的另一边露出了担忧的表情。

"间宫老师说可以收下家里存的狗粮,我就请他拿过去。本来我还想送到间宫老师家里……"

"怎么能让椎崎老师做那种事呢?秋内君,你说是吧?"

"嗯……"

秋内总算搞清楚了状况。间宫叫他来,是想让他拎东西。

又坐了一会儿,间宫站起身来,秋内也跟着站起来。

"秋内君,你拎得了三袋吗?"

"啊?全都我一个人拎?"

"我被虻咬了手啊……"

间宫忧伤地看着右手食指,可秋内已经看不出他的手指上红肿的痕迹了。

"唉……知道了。"

秋内说不过他,只好抱起三个大纸袋。袋子里的狗粮全是罐头,比他想象的还要重。他真的要这样走在大太阳底下吗?

"真不好意思,秋内君!"

"不,没什么……咦?这是OB的被子吗?"

秋内看见,其中一个纸袋里,除了罐头,还有一块叠得很整齐的褐色小毯子。小毯子表面粘着疑似属于 OB 的毛。

"对,那是下雨天用的床。"

"下雨天用……"

"OB 害怕下雨。"镜子微笑着说。

"阳介把 OB 捡回来那天,正好在下雨……OB 见到阳介之前,可能孤零零地被雨淋了很久。"

"哦,所以它才害怕下雨。"

"对,它真的很害怕下雨。要是下雨天待在外面的狗屋里,OB 就会浑身发抖,吓得一直尖叫。我认为应该让它待在外面直到适应下雨,可是阳介怎么都不听,一定要让 OB 进屋,睡在那块毯子上。有时候我觉得屋里特别安静,再一看,就发现他和 OB 一起睡了。那块毯子是阳介用自己的零花钱买的。"

说到最后,镜子的声音有些颤抖。尽管如此,她还是凝视着毯子,眯起眼睛,怀念着曾经的时光。

镜子把秋内和间宫送到了门口。走出大门后,秋内回头一看,炙热的阳光照在镜子的身上,她仿佛马上就会融化消失。

镜子在阳光中低头行礼。她双手交叠在身前,腰背挺直,恭敬而优雅。

"间宫老师,OB 就托付给你了!"

秋内突然觉得,镜子眼中流露出了决绝的眼神,这让他感到莫名的怪异。镜子的神色跟此时此刻的气氛似乎很不相称。

"啊,那当然!请交给我吧!"

间宫显得有些疑惑,他可能也产生了和秋内一样的感觉。

秋内与间宫转身离开,走出小巷后,蝉鸣声再次响起。

"间宫老师,我能问一个问题吗?"秋内调整了一下纸袋的位置,开口问道。

"刚才椎崎老师说的'这都怪我'是什么意思?"

"啊?她说过那样的话吗?"

间宫露出非常意外的表情,他的演技蹩脚得令人惊叹。

"说了。她说丈夫走了,阳介君和OB也不在了,而且'这都怪我'。"

"她肯定是说错了!"

"可是间宫老师好像明白椎崎老师在说什么!"

"你看错了!"

"我没看错!"

就在这时,地面蒸腾起的热浪的另一头突然有个黑点儿一闪而过。秋内眯起眼睛,注视着黑点儿消失的方向。那里什么都没有。

"老师,刚才那里有什么东西吗?"

"哪里?"

"那边,灰色房子的另一边!"

那是个T字路口。刚才那个黑点儿是一个人影吗?难道有人想拐弯,但是看到秋内他们,又退回去了?

"老师,你先拿一下!"

秋内把三个装满狗粮的纸袋塞给间宫,拔腿跑过了空无一人的小巷。他对自己的脚力很有信心。来到黑影消失的T字路口,他没有减速,而是全速绕过了转角。远处有个骑自行车的人影。秋内正要追上去,却猛地停了下来。

"喂……秋内君,你怎么了呀?"

间宫细瘦的双臂努力抱着三个纸袋,摇摇晃晃地追了过来。秋内向他道了歉,重新看向前方。那个人影已经消失了。

"那是什么?虫子?动物?"

"是京也。"

"什么?"

"是骑着自行车的京也。"

(五)

那天晚上快十点时,京也给秋内打来了电话。

"秋内……糟了……出事了……"他的声音颤抖得厉害。

"怎么了?出什么事了?"

"死了……"

"啊?京也,你说什么呢?"

"糟了……秋内……死了……"

然后,通话中断了。

秋内连忙打回去,但是无人接听,京也的手机好像关机了。秋内正要拨打他家的座机,却突然想起京也的房间里没有电话。再三犹豫,秋内拨通了弘子的电话。虽然时间很晚了,他又是第一次主动给女性打电话,但他现在顾不上羞涩了。

"秋内君?好难得啊,怎么了?"

"弘子,我问你一个很奇怪的问题——你知道京也在哪里吗?"

过了一会儿,弘子才发出声音。

"不知道。你问这个干什么?"

"京也刚才……"

说到这里,秋内改变了主意。

"没什么,我找他有事,但是打不通手机,我想他可能正跟弘子在一起。"

虽然不知道京也究竟干了什么,但他觉得自己不能乱说话。

"其实我也一直在打京也的电话,我有话想对他说。"弘子的声音沉了下来。

"可他一直不接。最近我真的搞不懂那家伙心里在想什么。"

"他不在家吗?"

"不在。"

"你去找过了?"

"去过了。他的房间没亮灯,自行车也不在。"

"这样啊……"

他向弘子道了谢,然后结束了通话。接着,他又拨打了京也的手机号码,对方还是没开机。

"搞什么啊……"

那天晚上,秋内一夜无眠。他盘腿坐在榻榻米上,每隔几分钟就给京也打个电话,可是一次都没接通。

第二天早晨,他在学校听到了消息。

椎崎镜子在家中死亡。

报警的人是友江京也。

***

京也目光直直地看着秋内。

"那个电话我不是解释过了吗?"他动了动嘴唇,发出低沉的声音。

"是啊。"秋内毫不躲闪,看着他说,"你确实解释过了,可是我无法接受。"

"那是你的事,我说的都是实话!"

京也明显绷紧了下颚。他是在压抑感情,还是在控制身体的颤抖?

众人沉默了,只能听见雨声和川流声。

"咔嗒。"

四个咖啡杯同时发出碰撞声,原来是弘子不小心碰到了桌脚,桌子颠簸了一下。她倒吸一口气,胆怯地抬起头。

"对不起……"

沉默再次降临。

"静君!"智佳轻轻地把手搭在秋内的膝盖上。

"现在说这些也没用了。椎崎老师是自杀。她虽然没有留下遗书,但她是自杀的呀。"

智佳挤出了僵硬的笑容。

"说实话,我一点儿都不在意。"秋内长叹一声,看向京也,"我一点儿都不在意那天晚上京也为什么给我打了电话,只是顺着话题说出来了。京也,对不起!"

秋内低头道歉。

"你别生气!"

"我没生气!"

"冷静点儿!"

"我很冷静!"

气氛变得更紧张了,空气中仿佛飘浮着看不见的细致冰雕,稍一触碰就会变得粉碎。

京也两肘撑在腿上,前倾着身子看着秋内。

"然后呢?你到底在想什么?"

"别提那件事了,是我不好!"

"你就是想知道,所以才提出来的,不是吗?"

"想知道……什么?"

"别装傻了！你觉得人是我杀的,对吗?"

"谁?"

"少胡闹!"

京也的声音在秋内的耳中炸响,继而消失了。

随之而来的,是弘子的啜泣。她双手掩面,呼吸急促,还带着轻轻的颤抖,呼吸声越来越快,越来越激烈,最终变成了呜咽。

"弘子……"

智佳向她伸出手,弘子也伸出了轻颤的右手,似乎在寻求救赎。智佳的双手用力握住了弘子的手。

京也再次开口。

"秋内,我先把话说清楚,椎崎老师是自杀而死的,阳介是因车祸而死的,别的什么都不是,也不可能是。我没有责任!"

他瞪着眼,神色中带着几分狂躁。

弘子俯伏在桌上,依旧不断呜咽。智佳抿着嘴,依旧用力握着朋友的手。

"你没有责任吗?"秋内重复了京也最后的话,感到下腹腾起一股热浪,他抬起头,一字一顿地说,"我可不这么想!"

京也嘴角一抽。

"你真敢说啊,秋内老师……"

"你心里其实也是这样想的,所以才会给我打那个电话,不是吗?"

"静君,"智佳恳求道,"别提那个……"

"是你杀了他们!"

秋内盯着京也,继续说道:

"是你,杀了他们!"

第四章

（一）

椎崎镜子副教授自杀后被学生友江京也发现遗体的事情，一早就传遍了整个大学。根据各种传言可以拼凑出这样的信息：昨晚十点多，几个在学校附近走动的学生看到镜子家门口停着救护车和警车。那几个学生正好报了镜子的课，便好奇地走过去围观，发现京也已经站在那里了，他正在对一名身穿制服的警官说话。警官的声音很大，不用刻意竖起耳朵听也能听到大致内容。原来，镜子在家中上吊自杀了。京也正好前来拜访，发现情况后马上报了警。

"那家伙会不会在警察局接受调查啊？"

第一节课上课前，秋内、智佳与弘子凑在教室一角交谈。京也今天没来学校，给他打电话，他也不接。

"应该不会！"智佳摇着头说道。

"警察肯定不会在上课时间把学生叫走,京也君没干坏事啊!"

"也对啊!"

智佳说得很有道理。

"京也可能在家……"弘子喃喃地说道。

"那人不是干什么都嫌麻烦吗?他肯定担心到学校会被问东问西,所以就待在家里了。"

"那家伙的确会这么干。"

秋内很担心京也,想直接问问他出了什么事,想知道昨晚的电话究竟是什么意思。他有点儿坐立不安。

"我去京也家看看。"说完,弘子就站起来,转身向教室门走去。

"弘子,你的包……"

智佳抓起弘子落在课桌上的包,喊了一声。弘子似乎没听见,丝毫没有放慢脚步。智佳轻叹一声,拿起自己的双肩包甩到右肩上,左肩背起了弘子的包。

"静君,我也去看看,你不用帮我点名……啊,但是要帮弘子点名。"

"啊,可是声音会露馅儿的……算了,我也去!"

秋内和智佳一起去追弘子。两个人在走廊的中段追上了弘子,他们一起下了楼梯,在自行车场骑上各自的自行车,离开了学校。

"弘子,京也君昨晚怎么去了椎崎老师家？"智佳骑在蓝色自行车上问道。

弘子摇摇头,眼睛一直盯着前方。

"应该是找老师有事。"

"有什么事？"

"不知道,可能是去问课上听不懂的问题……"

"但是京也不是那种人吧？"

弘子飞快地看了智佳一眼。

"智佳怎么知道他不是那种人？"

风吹起头发,盖住了弘子的脸,发丝间露出的眼睛似乎带有敌意,这让秋内惊讶不已。据他所知,这是弘子第一次对智佳表现出这种态度。

"我说有可能,就是有可能啊！我在跟京也交往,我最了解他！"

"嗯,话是这么说,可是……"

"不要乱讲话！"

她的话音中有一丝哽咽,她显然在压抑自己的感情。接着,弘子再次看向前方,智佳再也没说话,一路都抿着嘴。

三人穿过宽敞明亮的门厅,走进公寓的电梯。京也的房间在三楼。

弘子按了门铃。

"不行,没人。"

京也没有回应。

"弘子,我们去看看他的自行车在不在吧。他出门会骑车的,对不对?"

弘子仿佛没听见智佳说话,一直盯着脚下。

"弘子?"

智佳低头看着她,她没有抬头,而是压低声音说:

"对啊……他每次都骑车呢。"

这个回答很奇怪。这究竟是怎么回事?

三个人再次走进电梯,他们下到一楼,看了一眼自行车场,进口标致牌自行车停在那里。

"难道那家伙走路出门了?"

"也可能是骑了别人的车,或是叫了出租车……"

弘子不安的声音打断了智佳的话。

"京也去哪里了呢?"

"肯定是出去买东西了,很快就回来了。"智佳轻抚弘子的发丝,小声安慰道。

"我们等一会儿吧。要是京也一直不回来,我们再想想别的办法。"

他们决定在公寓门前等京也回来,就并排坐在了公寓门口的台阶上。一个身穿西装的住户经过,一脸惊讶地看着他们,三个人只好尽量挤在台阶一角。

秋内听见弘子在智佳的另一边发出了低低的啜泣声。智佳抬手搂住弘子，弘子没有反抗，靠在了她的身上。接着，智佳一边轻抚弘子的手臂，一边用疑惑的表情看着秋内。他此刻应该也是同样的表情。他们都不明白弘子为何哭泣。是因为她担心京也吗？可是，那真的值得哭吗？

　　秋内拿出手机给京也打电话，听筒里传来的依旧是关机提示音。收起手机前，他看了一眼来电记录。昨晚京也来电的时间是九点五十二分。

　　"京也君给你打电话了吗？"

　　智佳凑过来看手机屏幕，秋内慌忙合上了手机。

　　"没有。"

　　他不想让智佳看见昨晚的来电记录。万一她问京也说了什么，他真的不知道如何回答。

　　"出事了……"

　　那究竟是什么意思？来电时间是九点五十二分，而那几个学生看到京也在镜子家门前跟警察说话的时间是十点多。莫非在镜子家发现遗体的京也给秋内打了电话后，马上就报警了？还是他先报了警，等待警察到达时给秋内打了电话呢？"出事了"究竟是什么意思呢？京也究竟为什么去镜子家？

　　"椎崎老师为什么自杀呢？"智佳一边搂着弘子，一边盯着自己的膝盖说。

　　"可能阳介君的事故让她太痛苦了吧。"

179

然而,秋内心里想的并不是这个。京也打来的电话怎么想都很奇怪。

"糟了……秋内……死了……"

他不禁想:镜子可能不是自杀。尽管他很不愿意接受这个可能性,但从电话的内容判断,京也可能跟镜子的死有关系。

不对,等等!

"对了……"秋内忍不住开了口,"昨天上午我和间宫老师去过椎崎老师家,我们去拿狗粮和小毯子。出门时,我发现椎崎老师有点儿奇怪。"

那一刻,镜子对他和间宫深深鞠了一躬,这样说道:

"间宫老师,OB 就托付给你了!"

她的确是请同事帮忙照顾宠物狗,说这种话并不奇怪,但是镜子当时的眼中流露出了决绝之意。秋内还记得,自己在那一瞬间感到了异样。

"你是说,椎崎老师当时已经在考虑自杀了?"

"现在仔细想想,真的有可能,因为 OB 暂时在间宫老师那里安顿下来,她也就没有别的留恋了。"

"然后,那天晚上就……"

"对,而且从时机来看……啊!"

就在这时,道路前方出现一辆黑色轿车。那辆看似很高级的轿车缓缓开过来,转头停在了三个人的面前。秋内站起身,智佳和弘子也跟着站了起来。

"你们在这里干什么呢?"京也摇下后车窗,探出头来。

"京也,你去哪儿……"

就在这时,后座另一边的男人对京也说了句话。

那是谁?那个男人正好被京也挡住,秋内看不清他的面容。京也回过头跟他交谈了两三句。秋内看见开车的是个中年男人。

不一会儿,京也就开门下了车。后座的人对司机点点头,司机也点点头,一言不发地开动了轿车。轿车渐渐远去,很快就消失在街的拐角。

"京也,你去哪儿了?弘子都担心死了!"

"我去找我爸了。"京也看着轿车离开的方向说。

"因为警察联系了我爸,所以他连夜从四国赶了过来。司机也够可怜的,估计开了一整夜。"

"刚才那个人是你爸啊!他也很担心你吧?"

"嗯,特别担心……"京也哼了一声,"担心公司!"

"他好像以为将来要继承公司的宝贝儿子被卷进了奇怪的事件,而我昨晚又关了手机,让他想多了。"京也揉了揉眼睛,长叹一声,"后来我跟他说明情况,解除了误会,接着,我又说要退学,快把他气炸了。他一直大吼着说,他不允许大学没毕业的人接手公司。我老早就说不想继承公司了,他真是够蠢的!"

京也说完,皱着眉头打了个哈欠。秋内盯着京也看了一会儿,然后看看智佳和弘子,她们两个人也都愣愣地看着京也。

秋内回过头,问道:

"你要退学？"

"对,我要退学。"京也若无其事地回答。

"啊……京也,怎么回事？你为什么要退学？"

弘子焦急地攥着京也的上衣。

京也轻轻握住她的手,然后推开了她。

"因为我烦了。"

"你烦了？可是……"

"秋内,你有空吗？"

"我？有是有,可你跟弘子……"

"我有话要跟你说。"京也看向弘子和智佳,"两位,对不住,我真的有话要跟秋内说。"

弘子惊愕地看着京也。智佳把手搭在弘子的手臂上,也盯着京也。

秋内不禁想：这应该就叫带刺的目光吧。

智佳凝视着他,向前走了一步。秋内忍不住绷紧身子,担心她要动手了。就在那时,弘子拉住了智佳的衣服下摆。

"智佳……算了。"

智佳回过头,抿紧嘴唇看着弘子。

"京也有话要对秋内君说,算了,我以后再跟他慢慢谈。"

智佳一言不发,重新看向京也。

"既然已经得到批准了,秋内,我们走吧。"

京也转过身,大步离开。

"京也,喂,你等等我啊!"

秋内慌忙叫住他,但京也没有停下脚步。

"你去吧。"智佳一动不动地看着京也的背影,轻启双唇对他说。

"聊完了给我打电话!"

"聊完了给我打电话!"现在不是反复回味这句话的时候,秋内飞快地点点头,蹬开山地车支架,推着车把手朝京也追了过去。就在他追到京也的那一刻,他的背后传来了弘子的哭声,很快,那哭声便模糊了。他想:可能弘子捂住了脸,或是把头埋进了智佳的胸口吧。

秋内不敢回头。

(二)

"京也,我不知道发生了什么,可是你刚才也太过分了吧!"

"因为我没对弘子解释吗?"

"难道还有别的事吗?"

"你看到了智佳以前从未流露过的表情,不是赚到了吗?"

秋内没有接他这句话。

"你以后好好跟弘子解释一下,她实在太可怜了!"

京也同样没有接秋内这句话,而是感叹道:

"不过智佳的眼神好可怕啊,我劝你千万不要惹她生气!如果你对上那个眼神,肯定会被当场吓死!"

"我也有同感……对了,你想去哪里?"

"去你家。"

"去我家?为什么?"

"我不想让别人听到咱们的对话,而外面又太热……哦,你最好把手机关了,弘子可能会打过来。"

"你不希望她打过来吗?"

"我不想被别人打扰。"

于是,秋内关掉了手机。

京也可能想谈昨晚那个电话,除此之外,秋内再也想不到他想谈什么。可是这样一想,与平时相比,京也的态度竟没什么变化,这就让人感到意外了。那个电话究竟是什么意思?秋内越想越不明白。是那个电话没有什么重要意义,还是真相很可怕,京也只是在强装镇定?

秋内很想尽快知道京也究竟要说什么,但又不想主动提问,他决定等京也自己开口。

"智佳告诉你了吗?"京也突然问了个莫名其妙的问题。

"告诉我什么?"

他看到秋内的表情,似乎有点儿惊讶。

"原来她没告诉你啊!"

"什么事?"

"她叫我别说出去……"

京也突然压低声音,秋内产生了很不好的预感。

"你还记得吗?几天前我正要离开教室,但是被你叫住了。"

"你是说……羽住同学鞋带松了的那天吗?"

"对,就是那天!"

秋内被迫想起了那个糟糕的画面,他一直在避免回忆起那件事。

"我记得。"

他没有看京也,京也没有看他。

"你知道后来智佳去了什么地方、做了什么事吗?"

秋内立刻回答"不知道",然后犹豫了片刻,坦白道:

"但我知道她看见我躲了起来。"

京也猛地转过头来。

"哦,原来她躲起来了呀!"

"对,躲在教学楼门口了!"

京也冷笑了几声,又说了句奇怪的话:

"智佳也有这么可爱的时候啊!"

"什么意思?"

"你别看她那样,其实特别害羞。她一定不想让你知道她要去哪里,所以才躲起来了。"

"羽住同学去哪里了?"

京也慢慢走着,给出了令人意外的回答:

"图书馆。"

"图书馆?"

"没错。那天你不是特别在意那条狗吗?你一直说警察和动物保护组织的人要抓走它。我上课时闲着没事就把这件事跟智佳说了,我本来是当笑话说的。后来我又说,那家伙想去图书馆查资料,结果还是老样子,因为要打工就没去。"

"你怎么这么……"

"她听完想了好久,然后这样说……"京也看着秋内,模仿智佳那冷淡的口吻说道,"我去查。怎么能让静君一个人忙活呢?"

秋内忍不住停下了脚步,半张着嘴凝视着京也。京也露齿一笑,换上充满感情的腔调,故意眨巴着眼睛重复道:"怎么能让静君一个人忙活呢?"

"啊,这……那个……什么意思?羽住同学替我去图书馆查了动物安乐死的资料,是这样吗?"

"没错,就是这样。"

京也一本正经地点点头。

"但她要我别告诉你,肯定是觉得害羞吧。"

"害羞……为什么?"

"纯洁的我什么都不懂。"说着,京也继续优哉游哉地往前走。

秋内愣了一下,也跟了上去。

"总之,事情就是这样。结果你那天晚上就找到了OB,还寄养在'妈妈咪呀'老师的公寓里。智佳真可怜啊!她好不容易在图书馆查到了动物安乐死的信息,却没用上。当然,我也不确定她在那里查了什么。"

"她……"

"智佳为我做了那么多事吗?"秋内竟然一点儿都不知道。智佳没告诉他,所以他不可能知道。秋内还以为自己离开后,京也和智佳偷偷见面了。原来那竟是一场天大的误会……不对,等等!

那京也为什么要说谎?他为什么对秋内说自己在家看影碟,又对弘子说自己出去买东西?

"京也,你那天不是说要看 F1 的影碟吗?"

"嗯,我是说了。"

"你跟弘子说过那天要干什么吗?"

"应该说了……不过说的好像是去买影碟。反正都一样。"

"哪里一样了?"

原来是这么回事啊!

他感到浑身无力。

"为什么不一样?"

"不,没什么,说来话长……"

京也奇怪地看着秋内,但他没有追问。

"我可先说了,你千万别去找智佳道谢,说什么'啊,京也告诉我了,谢谢你'之类。智佳千叮万嘱,让我别说出去。"

"这我知道。你的嘴巴这么不严实,真是太好了!"

这让秋内心里少了一个疙瘩。

"我也不是任何时候都那么大嘴巴。"京也微微扬起下巴说道。

"反正今后见不到你了,就想趁现在还记得这件事,先告诉你。"

"对了,我都忘了问,你为什么要退……"

"秋内君!"

突然有人喊了秋内一声。

他看向旁边的岔路,那个人竟是间宫。

原来他们已经走到了秋内家附近。

"哦,果然是秋内君!"

间宫看着秋内笑起来,但是目光移到京也那边后,笑容骤然消失了。

"……和友江君。"

京也微微颔首。

间宫一脸关心地走向京也。

"友江君……我听学生说了,你昨天受惊了吧?"

"不,没什么。"京也用平静的声音回答道。

"你今天不上课吗?"

"嗯,我有点儿累了。"

间宫还是很担心地看着京也。两个人的身高差不多,但是算上头发,间宫看起来更高一些。

"哎,怎么秋内君也在这里?你不上课吗?"

"啊,不好意思!我很担心京也,怎么都坐不住……老师也是,怎么在这个时间在外面闲逛?"

"我不是闲逛,星期一早上的课没排满,现在没事,我就抽空回家看了一眼。上回我们不是带了狗粮回去吗?OB吃多了,今天有点儿拉肚子,所以我一有空就回来看看它。再说,我也不想一回家就发现满地狼藉。"

如果是这样,的确是回来看看比较好。

"啊,要不你们也来吧!我请你们喝大麦茶,冰镇的,很好喝!"

"不,我们就……"秋内立刻警惕起来。上回间宫骗他去搬运狗粮,这回该不会是想让他打扫狗屎吧?

"我们没时间去看动物天堂,走吧。"京也催促道。

"动物天堂?你这个说法太过分了吧!"

秋内瞥了一眼间宫,可他竟露出了得意的表情。

"啊,我们就不喝大麦茶了,下次再去找您玩。"

秋内低头行礼,准备朝自己家走,却被间宫叫住了。

"我能跟你说几句话吗?"间宫看着京也。

"友江君,你是不是打算退学?"

京也闻言,一脸惊讶地看着间宫。秋内也很惊讶。

"老师,你是怎么知道的?"

"你刚才说:'你为什么要退……'"

他的耳朵灵敏得吓人。

"是家庭原因吗?"间宫看着京也问道。

"不,不是家庭原因……"

"能告诉我你为什么想退学吗?大学生活这么快乐!上次我还找阿姨要了一根帽子上的稻草……"

京也丝毫不掩饰自己的厌烦,用叹气声打断了间宫的话。

"这跟老师没有关系!"

"难道是因为椎崎老师……"

京也猛地抬起头,间宫飞快地闭上了嘴。

两人彼此凝视着,陷入沉默。

间宫是说镜子自杀的事吗?可是那跟京也退学有什么关系?

"您知道什么吗?"京也换上了警觉的表情。

"不,我什么都……不知道!"

间宫垂下双眼,挠了挠脖子,他显然在撒谎。

"您知道吧?"京也向间宫走近一步。

间宫后退一步,他的目光一直在自己的脚边游走。

片刻之后,京也突然喊了秋内一声,然后说道:

"我们去老师家吧!"

秋内无比意外。

（三）

"真不好意思，玄关太小了，你们先进去吧！"

间宫打开面板脱胶的房门，让秋内和京也进了屋。显然，京也一踏进屋里，就后悔自己来到了这个地方。

"这是什么啊？"

"嗯……哪个？你说这条赤链蛇？"

间宫的鞋柜上摆着一个玻璃水箱，里面有条红黑相间、颜色特别吓人的蛇，它正盘成松松的一团。京也小声回了一句"全部"，接着在那个装大头老鼠的箱子旁边脱下鞋子，站到了摆着无数虫笼的走廊上。

"连蚯蚓都养啊……"京也盯着一个虫笼嘀咕道。

间宫很热心地告诉他：

"那是蚓螈。"

他还简单介绍了那种生物的基本情况，但京也加快脚步走进了起居室。

"友江君不喜欢动物吗？"

间宫和秋内穿过走廊。

"OB，好久不见！"

走进起居室，秋内先跟坐在角落里的 OB 打了声招呼。OB 既没有惊讶，也没有警觉，而是并拢前腿，甩了一下尾巴，算是回应了他。它比上次秋内看见它时胖了许多，它身上脱毛的地方也重新长出了短毛。见它有所恢复，秋内总算放下心来。再仔细看，OB身下正铺着他们从镜子家拿回来的褐色小毯子，也就是阳介用自己的零花钱给怕雨的OB买回来的小窝。

秋内环视四周，地面很干净，看来OB没有随地大小便。

"来，两位请坐吧。"

间宫从厨房拿来抹布，"啪"地甩了一下，胡乱擦了擦矮桌。看他那副模样，似乎并不在乎擦桌子，只在乎推抹布的动作。接着，间宫又走回厨房，踮着脚在吊柜里摸索。

"客人用的，客人用的……"

他从吊柜深处掏出一个方形纸盒，里面是一套杯子。间宫拿出三个杯子，洗了两下，又嘀咕着"大麦茶，大麦茶"打开了冰箱。上次秋内来的时候，招待他的只有量杯，凭什么京也就能用杯子？

间宫往三个杯子里倒了大麦茶，三个人先各自喝了一口，然后互相瞥了几眼。秋内以为间宫会先对京也说话，可不知为何，两个人都没开口。又沉默了一会儿，秋内只好决定自己先开口。

"京也，你能具体说说昨晚的事吗？我怎么都放不下椎崎老师自杀这件事！"

当然，他更想知道那通电话是什么意思，只是间宫在场，他不想问得太详细。

京也没有马上回答，而是微微低着头，凝视秋内盘起的双腿，似乎在拼命思考。秋内有些犹豫，不知该耐心地等他说话，还是催促他开口。就在这时,京也总算抬起头来,脸上浮现出惊讶的表情。

"你的腿毛好多啊!"

这个人到底怎么回事?

"别管腿毛了,说说昨晚椎崎老师的事!"

他又催促了一遍,京也马上就回应了。

"你在学校不是听说了吗?椎崎老师在家里上吊自杀了,我碰巧上门拜访,成了第一发现者。别的没什么好补充的。老师之所以自杀,可能是因为接受不了阳介发生车祸那场惨剧吧。"

"老师上吊时什么样子?"

"什么样子……"

京也看着天花板,像是在回忆。

"她把绳子穿在二楼走廊的栏杆上,应该是挂着绳圈从那里跳下来了。"

"有遗书吗?"

"没有,我把地上和桌子上都看了一遍。"

"可是你怎么会在那个时间去找椎崎老师呢?"

"因为我想见她。"

他的语气过于自然,秋内过了好几秒钟才意识到他说的内容不对劲儿。

"你想见……椎崎老师?"

"对,我一个人待在家里,突然很想她,就去找她了。当然,我对警察说的是找她谈学校的事情。我按了老师家的门铃,没有人回应,就打开门锁走了进去,结果发现她死了!"

"打开门锁?"

"啊,你可别告诉别人!我对警察说,门本来就是开着的。万一他们问我为什么有钥匙,解释起来太麻烦了!"

模糊的认知宛如干冰的白烟,在秋内脑中悄然扩散,继而凝聚成了具体的疑惑,最后变成惊讶。他看着京也,京也面无表情地盯着茶杯。他又看向间宫,间宫则用怜悯的表情看着京也。

间宫知道了吗?

他是听镜子说的吗?

"我不希望你从别人那里打听到,就决定先坦白了。"京也转向秋内,"我跟椎崎老师大约一年前就在一起了。"

他的语气不像透露隐瞒已久的秘密,倒更像是把事实客观地告诉他。

"一开始我只是带着开玩笑的心情约她,结果被她冷冰冰地骂了一顿。我特别生气,又约了好几次,老师的态度就渐渐缓和了……后来我们出去喝了一次酒,我主动亲了她,没想到就发生了关系。"

京也面不改色地开始讲述。

京也和镜子发生关系后,只要两人都有空闲,就会相约在镜子家里肌肤相亲。

"那人平时总是很冷淡的样子,就像戴着面具。我碰到那样的人,就会忍不住想撕掉其面具。"

"那个……友江君啊……"

间宫想说些什么,但是京也没有理睬他。

"我想让她把压抑在心里的东西全都释放出来,让她浑身赤裸,满是汗水,让她说出'我喜欢京也君'。"

秋内一句话也说不出来。他觉得,眼前的朋友突然变得像电车上偶然碰到的陌生人。

"你到底在干什么啊?"

秋内好不容易才挤出来这句话。

京也没有回答他,而是看向间宫。

"看老师刚才的样子,应该早就知道这件事了吧?"

间宫点了一下头,并没有看京也的眼睛。

"椎崎老师找我聊过一次。当然,她只说了'那个男学生'。"京也长叹一声,不知是想笑还是感到烦躁。

"我也不知道为什么,她好像很信任间宫老师,还经常跟我提起您……可是老师,您怎么知道'那个男学生'就是我?"

"你昨天在椎崎老师家附近见到我就往回走了,而且晚上十点还在她家发现了遗体……所以……"

"哦,原来您看见我往回走了啊。"

"是我看见的。"秋内插嘴道。

京也只是哼了一声,并没有多说什么,而是再次看向间宫。

"间宫老师,她找您谈话时,您说什么了?"

"我什么都说不出来。"间宫耷拉着肩膀,凝视地板。

"我觉得,这就是椎崎老师找我谈话的原因。因为学校的老师都知道我……不太了解男女关系。椎崎老师可能觉得,跟我聊天儿像在跟动物倾诉吧。何况那时她有点儿喝醉了。"

"她像是在自言自语吗?"

"有点儿像。"

"京也,椎崎老师离婚难道是因为……"

秋内还没说完,京也就摇了摇头。

"她明确跟我说过,那件事跟我没关系。她离婚的原因只是单纯的性格不合。"

"这样啊……"

他这样解释后,秋内就觉得安心了许多。

"你上次在殡仪馆见到她,不是提到我了吗?说我也在阳介出车祸的事故现场。"

"啊?嗯,我是说过。椎崎老师当时特别惊讶。"

"我猜也是。事故那天晚上,我给她打电话了,想安慰她。她一开始还很痛苦,说了一会儿,总算平静了一些。那天我一直没有提起事故,担心她又崩溃,所以也没告诉她我在事故现场。"

"哦,难怪……"

难怪镜子听说京也在事故现场时,会表现得如此惊讶。原来前一天的晚上通电话时,京也没告诉她。

"那天你说要去殡仪馆,我就知道你一定会提到我,但我还是没拦着,毕竟我也想不到什么理由阻拦你。要是我说'你现在去会给老师添堵',或者'赶不上下午的课',肯定会很可疑吧?"

的确,如果京也说些关心别人的话,那就太不自然了。

"但我想错了,还是应该想办法拦着你才对。后来她打电话给我,把我审问了一番,问我为什么瞒着她。其实我也没瞒着……"

京也颓然垂下了双眼,然后长叹一声,仿佛放弃了积压在心里的所有感情。

秋内回忆起来了。

"京也啊,杀死动物不太好吧?"

"怎么?你找'妈妈咪呀'聊天儿,说到这件事了?"

"啊?我说过我去过间宫老师那里吗?"

"你会做什么我大致能猜到。"

那根本不是猜测,而是镜子把他们在出云阁的对话告诉了京也,包括秋内去找间宫咨询的事情。

"友江君啊,"间宫小心翼翼地开口道,"我不知道这些话该不该说……"

京也飞快地看向间宫,目光里带着浓浓的敌意。

间宫见状马上高举双手,使劲儿摇头。

"对不起,没什么!"

京也再次垂下双眼。

"总之,就是这么回事。我昨晚去找她,结果发现了尸体。

我觉得应该向你坦白我们的关系。"

"什么意思？"

"要是你事后从别人口中听说我们的关系，可能会怀疑她是因为我才自杀的！"

"哦……"

秋内的确有可能怀疑他。

"那样就太麻烦了！"

可是……

"听别人说？别人是谁？还有其他人知道你跟椎崎老师的关系吗？"

"我不是那个意思，但有可能哪个学生看到我总往她家里跑啊。"

京也说的每一句话秋内都理解，但是他很难接受，昨晚那通电话的事一直萦绕着他。

"你真的跟椎崎老师的死没有关系吗？"

"我说过了，没有关系！"

"那你解释一下，那到底是怎么回事？"

"你说什么？"

秋内有些犹豫，他不知道该不该在这里提起昨晚那通电话。

"那个电话……"

他故意含糊其词，观察京也的反应。

京也脸上闪过奇怪的表情，很快，他恍然大悟般点了点头。

"我是给你打电话了。没错,还得解释这件事!"

"那到底是什么意思?"

"昨晚给你打电话时,我不是说过'糟了''死了'这些话吗?那是因为我看到她自杀了,脑子混乱了。后来想起来,我也觉得不该用那样的措辞,那样说就好像我杀了人一样!"

确实太像了!

"我不希望你误会,所以想在这里跟你说清楚!"

"怎么说清楚?"

"怎么说呢?'糟了'不是指我干了坏事,而是我发现了她当时的情况。"

真的吗?秋内心里依然怀疑。京也真的跟镜子的死无关吗?

"原来是这样啊!"

最后,秋内决定相信朋友。

他喝了一口大麦茶,其他两个人仿佛接收到了信号,也端起了茶杯。

他想到了弘子。

秋内很伤心。京也性格扭曲,从来不知道照顾别人的感受。尽管如此,他还是认为京也绝不会做那种事情,绝不会背叛别人的心。虽然毫无根据,可他一直这样坚信。

他相信了京也,说背叛可能有点儿言重了。可是现在,他就觉得自己也遭到了背叛。

"你跟弘子怎么办呢？"

"分手。"

"你不觉得弘子很可怜吗？"

京也沉默了一会儿，似乎在思考答案。他看看秋内，随后低下了头。

"我知道自己对不起弘子，我一直很内疚！"

既然内疚，为什么还要做那种事呢？秋内无法理解京也。

"你每次去找椎崎老师，都是怎么对弘子说的？你不是一没有课就往老师家跑吗？"

秋内话音刚落，刚才一直侃侃而谈的京也突然露出了为难的神色。他低着头，回答道：

"我说去医院。"

秋内吃了一惊。弘子会相信这种话吗？

"你去医院干什么？弘子怎么会相信这么假的……"

"可能她觉得不假。"

京也打断了他，可秋内还是难以置信。他探出身子，打算反驳。就在这时，他突然想到了另一种可能，不禁重新看着朋友的脸说道：

"京也，难道你……"他犹豫片刻，说了下去，"身体……不好？"

会不会是因为只有弘子知道这件事，所以她才毫不怀疑京也说自己去医院的谎言？

可是,京也摇了摇头,一脸"你说什么蠢话"的表情。

"托你的福,我一直很健康。"

他竟白担心了几秒钟,简直太气人了! 京也怎么可能有病呢! 秋内甚至没见过他着凉感冒。

"那弘子为什么会相信你?"

"你真的好烦啊,何必追问这么多呢? 我说我要去看眼科,弘子就相信了……"

京也突然绷着脸,看着秋内。

秋内也凝视着京也。

"眼科?"

京也没吭声。

"看什么眼科?"

这次,京也直接无视秋内的提问。

秋内继续盯着京也,间宫也抱着胳膊,凑到近前,看着京也。两个人一言不发地盯着他看了好久,京也却稳如磐石,缄口不言,默默承受着二人的目光。最后,他还是发出长叹,抬手揉了揉额头。

"反正以后再也见不到你了……"

他抬起头,仿佛做出了决定。接着,京也突然做起了奇怪的动作。他伸出双手,掌心拢成望远镜的形状,罩住了秋内的右眼。

"闭上左眼看看。"

"啊?"

秋内不明就里，但还是照着做了。他闭上左眼，右眼又被京也的手掌遮蔽了一部分视野，只能看见正前方。

"就是这种感觉。"京也淡淡地说。

"左眼几乎看不见，右眼视野很窄，而且一转动眼球，眼底就会特别痛。"

"啊……"

"莫非是视神经炎之类的疾病？"间宫小声询问。

京也点点头，说出了正确的病名：

"特发性视神经炎。"

"啊，那是什么？什么意思啊？"

两人纷纷询问，京也一脸不耐烦地收回手，开始解释。

"我小时候就得了这个病，到现在都没治好。"

秋内完全不知情。

"因为不影响日常生活，所以我小时候还以为眼睛本来就是这样的，从来没感到过奇怪。就像你现在早就不在意自己的腿毛浓密一样。"

"我又不是从小就腿毛浓密……而且现在也不浓密。你……"

"我看看……哦，仔细一看，你的腿毛的确不算浓密啊。"

京也想故意转移话题，秋内清楚他的想法。

"你真的不在意吗？"

"腿毛？我吗？"

朋友的演技实在太差,秋内干脆不再绕弯子。

"眼睛!"

"都跟你说了我不在意。我可以钓鱼,可以看书、看电视。打球可能不太行,不过我从小就是接力赛的主角。上大学后,其他人都去考驾照了……"

京也眼中闪过一丝阴霾,但很快消失了。他语气轻快地继续说道:

"总之,就是这么回事,不算什么大病。我的眼睛跟你的眼睛没什么两样。"

京也经常翻看汽车杂志,似乎看得津津有味,又好像不怎么感兴趣。他的房间里有很多展示柜,里面摆满了汽车模型,他还总向秋内炫耀自己的收藏。

秋内想起来了,京也经常直直地看着别人。那是因为眼睛有疾病吗?因为他视野狭窄,转动眼球会痛,所以只好让自己的脸正对着别人吗?他接不住秋内扔过去的五百日元硬币。他站在"尼古拉斯"的台阶中段,却没看见正对面的阳介和OB,都是因为……

也许,他有了弘子这个女朋友,还要跟镜子发生关系,也是因为眼疾过于痛苦吧!秋内这么简单问了一句,京也冷笑起来。

"谁知道呢!"

接着,他的表情有点儿扭曲。

"不管怎么说,那都不能算理由!"

的确是这样。他的眼疾和他背叛弘子的行为没有关系，可是……

"这么重要的事情……你应该告诉我啊！"

秋内心中谴责京也的打算迅速消失了。

"我要是说了，你肯定会处处照顾我吧？"

"左眼和右眼外侧是全黑的吗？"

"倒不是全黑。因为我看不到光，所以也不觉得黑，是什么都没有的感觉。因为闭上眼睛也不会变黑，所以一开始很难入睡。"

"这种病能治好吗？"

京也摇摇头，表示不知道，继而勾起嘴角笑了。

"家乡的医生和这里的医生都说将来一定能治好，可是谁知道呢！有时好一点儿，有时差一点儿……折腾来，折腾去，已经十年了！"

京也直到现在都要定期去医院。他们几乎每天碰面，秋内却从未察觉他眼睛的异样。

"只有弘子知道这件事吗？"

"她知道。我们刚开始交往时，她在我的房间里看到了眼科药品，我觉得骗她反而更麻烦，干脆说了实话，所以她才没有怀疑我的借口。其实我有时只需要去医院拿药。"

就在那时，间宫突然抬起一只手，打断了两人的对话。秋内和京也同时看向他。间宫报着嘴，竖起一根手指，目光转向房间一角,那是 OB 所在的位置。它已经从毛毯窝里爬起来,竖着耳朵,鼻子不断抽动,眼睛注视着玄关。

间宫站起来,悄无声息地走出房间,穿过走廊,站在门口。接着,他握住门把手,一口气拉开……

外面传来一声响动,接着是惊呼声。

是弘子。OB 开始狂吠,弘子忍不住向后退去。很快,OB 就安静下来。弘子转身跑掉了,脚步声穿过房间外的走廊,下了楼梯,渐渐远去。

"等等!"

秋内来不及思考,就冲出了玄关。

(四)

他在巷子里四处张望,弘子已经不见了踪影。京也和间宫也都跑了下来。秋内随便选了一个方向,拔腿就追。

弘子什么时候来的？刚才那些对话,她听到了多少？

"应该听了不少……"

否则,她不会转身就跑。

秋内想起第一次拜访间宫的情景。他当时站在门外,能清楚地听到间宫在屋里念念有词,连独自祈祷的声音都能听见,三个人的谈话声不可能听不见。

"静君!"突然有人叫了秋内一声。

秋内猛地停下脚步。

他回过头,看见智佳站在他刚刚跑过的路口。那是个小酒馆旁的停车场,里面停着一辆堆满酒瓶的轻型卡车。弘子就坐在空车位的卡条上。她双手抱着头,一动不动,头发遮住了脸。秋内不知该说什么好,只能默默地走过去。

"出什么事了?"智佳诘问道。

"那个……这……"

智佳打断秋内的话,飞快地说:

"弘子不放心京也君,给你们打了好多次电话,但是一直打不通!"

"啊,我们都关机了……"

"她说要去静君家看看,被我拦住了。我不是叫你谈完了给我打电话吗?所以我劝弘子,还是等你打电话过来。"

看来弘子没有听。

"你怎么知道我们在间宫老师家?"

"我看到静君的自行车停在外面。"智佳解释道。

她们在出租屋楼下看到了秋内的山地车,便到旁边的邮箱查看了一番。看到间宫的名字后,她们意识到间宫住在这里。在智佳犹豫时,弘子一个人上了楼。

"我看弘子一直不下来,就想去找她,没想到她突然跑下来了……"

弘子头也不回地跑了,智佳莫名其妙地追,直到这里才追上。

"怎么回事?弘子一句话都不说,我都不知道该怎么办才好!"

"不,那个……"

他不太相信自己能解释清楚,可是智佳凝视他的目光实在难以躲避。他感到腋下出了许多冷汗,却说不出话来。就在他再也无法承受智佳的目光时,旁边传来了脚步声。智佳视线一转,看向了秋内背后。

"你好吓人啊!"

是京也。

"弘子听到我们的谈话了?"

"我不知道。"

秋内说完,不由自主地往旁边挪了一步,让京也直面智佳。弘子坐在智佳身后,听见京也来了,却没有抬头。

"看她那个样子,应该是听到了。"

京也的语气像是他在讨论别人的事情,智佳反倒把这当成了自己的事。

"京也君,告诉我!"

"说了也没有意义。事情已经发生了,无论如何,我的决定都不会改变的。"

智佳原本就紧绷的表情变得更僵硬了。

"决定?"

"我要跟弘子分手。"

"为什么?"

"因为我的异性关系。"

秋内心想：她可能要动手了。

智佳可能会动手揍京也。京也可能也有所预料，慢慢举起了双手。他可能想表达"请放过我"的意思，但无论怎么看，他都像在挑衅对方。就在那时，弘子站起来，小声地喊了京也的名字。秋内惊讶地发现，她的脸上没有泪水。

京也绕过智佳，走向弘子。

弘子抬起头看着京也，京也目不转睛地看着她。弘子抬起左手，停在他肩膀的位置。秋内不明白那个动作是什么意思，等他明白过来，已经听见了一声脆响，京也的头歪向了左侧。

那不是打耳光，而是一拳揍了过去。秋内忍不住捂紧了自己的脸。

京也抿着嘴，盯着地面，沉默了一会儿。

"你真的好温柔啊。"

那是什么意思？他觉得她可以再用力一些吗？可是刚才那一拳已经又快又重了。

"怎么不用右手毫无征兆地来一下呢？"

听了京也的话，弘子默不作声地摇了摇头。

秋内总算明白过来了。弘子知道京也的左眼看不见东西，所以她才会用左手,而且中途停顿了片刻,让京也有机会避开。

"我回去了。"

京也突然留下一句话,转身离开了。

"你等等,弘子她……"

秋内正要追上去,却被弘子拉住了。

"够了!"

"可是这……"

"我说够了!"

弘子用双手把秋内拽了回去,他的手背碰到了弘子的腹部,感到一阵温暖。秋内看着弘子,想知道她究竟要如何处置自己的手。她好像没什么打算,只是紧紧地拽着他,目光聚焦在空中,接着,她哭了起来。秋内不明白她怎么在这个节骨眼儿上哭了。他的手被拽着,双腿动弹不得,只能一个劲儿地眨眼,凝视着弘子震颤的肩膀。

弘子哭了很久,每一次抽泣,纤细的喉咙都会挤出破碎的声音,凸显出下方的锁骨。她好像忘了自己还拽着秋内的手臂,秋内只能任凭自己的手悬在两个人中间。

智佳面无表情地站在弘子旁边。面对这两个人,秋内不知该如何是好,只能保持呆滞的状态。偶尔路过的行人都好奇地看着他们三个人。

最后,弘子双手掩面,发出含糊的声音:

"秋内君,你走吧!"

秋内看向智佳,智佳朝他点了一下头。于是,他缓缓转身离开了。临走前,他又回头看了一眼,发现智佳看着他,嘴唇还在动。

"电话联系。"她用唇语这样对他说道。

秋内点点头,带着深深的困惑和疲劳,原路走了回去。

(五)

秋内看到间宫就像一只焦虑的动物,在出租屋门前来回转着圈子。他找不到弘子、秋内和京也,有些无所适从。

秋内向他简单说明了情况,随后两个人一起进了屋。

"你说卷坂君听到了多少?"

间宫一屁股坐在地上,OB走过来舔他的手。秋内也坐了下来。

"不太清楚,但我猜关键的部分都听到了。"

"这样啊……"间宫忧郁地摸着OB的头。

"给老师添了这么多麻烦,真是对不起!"

"没什么,应该道歉的人是我!如果我不把你和友江君拉过来,卷坂君也就听不到那些话了。"

"其实去我家也一样,我那个房间的门是纸门,可能听得更清楚。"

间宫含糊地点了点头。

"对了,友江君呢?"

"不知道,他一个人走了。"

秋内拿出手机,拨打了京也的手机号码。果然如他所料,京也的手机依旧是关机状态。

"老师,京也的病——那个特什么炎,究竟是怎么回事?"

"特发性视神经炎。这是眼球内部的视神经由于某种原因引发的严重疾病,会对视力造成影响,一般年轻人比较容易得这种病。"

"能治好吗?他的医生好像说能治好。"

"可能因为这种病有自愈倾向,医生才会说'能治好'。"间宫瞥了他一眼,"实际上,也可能治不好。"

"这样啊……"

秋内想起他和京也在渔港的对话。京也说自己没驾照时,他忍不住笑了。

"你为什么看起来挺高兴?"

"没什么,只是觉得原来你也有不足之处啊。"

那时,京也露出了空洞的笑容。

"每个人都有不足之处。"

秋内突然明白了那种很想在地上挖个洞钻进去的感觉。

可是……

"不管怎么说,那都不能算理由!"

京也刚才在这里说的话也很有道理。秋内回忆着弘子刚才的模样。她突然抱着秋内的手臂哭了起来。她一定是在盲目地寻求温暖吧。

"老师……椎崎老师离婚真的不是因为京也吗?"秋内问了一句。刚才京也在场时,他没好意思问。

间宫想了一会儿。

"其实友江君也不知道……"

间宫先放下了这句话,随后说出了让他无比震惊的事情。

"椎崎老师对我提起友江君的时候,说过这样的话……"

那是一个工作日的白天,外面下着大雨。京也还在镜子家时,她丈夫竟然回来了。镜子的丈夫在市外一个树脂加工厂工作。那天因为打雷,工厂机器停机,当天无法修复,她丈夫便早早地回家了。他走进家中,穿过走廊,来到卧室,撞见了赤裸的二人。

"太糟糕了……"

"没错,太糟糕了。不过她丈夫——我忘了他叫什么名字——并没有冲进卧室破口大骂,也没有对友江君动手。"

"那他做了什么?"

"什么都没做。"

"什么意思?"

"我按顺序说吧。她丈夫回到家时,发现院子里停着一辆陌生的自行车,门口还有一把男士伞和一双男鞋。"

她丈夫心生疑惑,便顺着响动走进卧室,发现妻子和一个年轻男人躺在床上。二人似乎没发现他打开房门。不知该说走运还是倒霉,外面的雨声完全盖过了她丈夫发出的响声。

他一句话也没说,转身离开了。

看来她丈夫是个性格软弱的人,不,他应该只是胆小。秋内从未经历过出轨和被出轨,他甚至从未有过对象,所以很难想象镜子的丈夫当时的心情。

"晚上,她丈夫回到家,对椎崎老师坦白了自己的所见所闻。"

"他很冷静吗?"

"一开始是很冷静,可能因为他很爱椎崎老师吧。我对这方面不太了解。"

间宫揉了揉鼻子。

"她丈夫对她说,如果白天的事是她第一次犯错,他可以原谅她。可是椎崎老师说出了真相,告诉他不止这一次。"

"她为什么……"

"椎崎老师说,早在认识友江君之前,她和丈夫的关系就不太好了。悟先生——啊,对了,她丈夫叫悟!悟先生跟她结婚时,还是县内一所高中的国语老师,但是他授课和生活指导的工作都做得不太好。结婚一年后,悟先生就辞掉了工作,去树脂加工厂工作了。因为这件事,他好像觉得自己配不上椎崎老师,后来,他在家就不怎么说话了。"

间宫又揉了揉鼻子。

"所以悟先生问到友江君的事情时,椎崎老师才没有说谎,而是原原本本道出了真相。那一次,悟先生终于爆发了。"

他肯定会那样吧,性格再软弱的男人也受不了这个。

"他还抄起了菜刀!"

"啊,他失控了吗?"

"嗯,我猜他不会真的动手,而且椎崎老师也没有受伤,阳介君一直待在自己的房间里。不过悟先生当天晚上就离开了家,再也没有回去。两天后,他从落脚的商务酒店寄来了离婚申请。"

"哦……"

这也太惨了!

秋内抱着胳膊凝视着间宫,间宫也摆出了同样的姿势。

"原来京也闹出了这么大的事!"

"是啊!"

"但是京也不知道吗?"

"对,不知道,椎崎老师没告诉他,还说以后也不会告诉他。"

"椎崎老师为什么不告诉京也呢?"

"她一定想守护友江君,不想让他有太大的负担吧。"

"哦,原来如此。"

可那不是……

"那也太刻意了吧。"

"对……正是这样。"

京也和镜子的年龄差距也很大。

"椎崎先生多大年纪?"

"不知道……应该比我小一点儿。"

"老师您几岁?"

"三十大几。"

这样的回答根本没有参考价值。

"可是老师,异性之间有时也会这样吧。男人会喜欢上比自己大很多的女人。"

"从概率来说,这样的案例比较少,因为雄性选择雌性的判断标准首先是生殖能力。"

"什么'雄性雌性''生殖能力',老师,您别这样说。"

"这是真的。人类的雄性看到雌性时,必定会出于本能地推测对方的生殖能力。比如通过身体线条判断年龄和健康程度,通过乳房大小判断哺育能力,还会审视腿部线条是否流畅,因为影响雌性腿部的遗传基因与形成生殖器官的遗传基因关系很紧密。"

"哦……"

"简单来说,雄性通常更容易被年轻的雌性吸引。"

"我还是不太明白……总之,京也属于比较罕见的雄性吗?"

秋内说完,间宫思考片刻,然后摇了摇头。

"应该不是。"

"为什么?"

"我认为友江君不是雄性。"

他不明白间宫在说什么。

间宫突然沉默了,表情呆滞地看着空中,似乎在想事情。

"老师!"秋内喊了他一声。

间宫瞥了他一眼,目光很快就移开了。过了一会儿,间宫将双手插进蓬乱的头发里,使劲儿揉搓起来。揉了一会儿,他又猛地拍了一下膝盖,抬头看向秋内,似乎做了什么决定。

"我还是告诉你吧!否则太影响友江君的形象了!"

秋内用表情示意他说下去。

间宫咳了一声,继续说道:

"刚才友江君的话其实是真假参半的。"

"真假……哪些是假的?"

"他跟椎崎老师发生关系那部分。"

"啊?"

他到底在说什么呢?

"其实是这样的。"间宫眨着眼睛解释起来,"下大雨那天,悟先生回到家中,发现椎崎老师和友江君光着身子躺在床上,这是事实,而且,他们不是第一次做这种事,这也是事实。"

"那……"

"他们两个……没有做那种事!"

"什么事?"

"就是那个……"间宫顿了顿,然后挤出几个字,"生殖行为。"

"生殖……啊,他们没做?什么意思?"

"你自己想象一下好吗?"

"我想象不出来,您说得再详细点儿。"

秋内探出身子,间宫实在没办法,只好叹着气点了点头。

"用刚才的说法,那两个人并不完全是雄性与雌性的关系。如果真的是那种关系,椎崎老师也不会找我这个同事倾诉了。"

"哦……那倒也是。"

"友江君刚开始接近她时,椎崎老师以为他想和她建立男女关系。友江君当时可能也是这个打算。椎崎老师当然很生气,就拒绝了。他们毕竟是师生,椎崎老师拒绝他是理所当然的,但是友江君一直不依不饶地找她,椎崎老师渐渐发现他有点儿奇怪。"

"奇怪?"

"他不像是一般雄性追求雌性的样子,怎么说呢?"间宫皱着眉想了一会儿,"算了,我直接复述椎崎老师的话吧。她说,友江君看起来是想'寻求帮助'。"

"帮助……"

"没错,寻求帮助。这么一来二去,椎崎老师就开始关心友江君了。他有什么困难?他在烦恼什么?再加上她跟悟先生的关系早就恶化了,心里也有点儿寂寞,于是有一天,椎崎老师答应他了。她让友江君进了屋,也没有阻止友江君……呃……脱她的衣服。"间宫结结巴巴地说道。

"她脱光了衣服,友江君也脱光了衣服,但令她感到意外的是,他什么都没有做。刚才我也说了,友江君一开始可能想做,但是最后什么都没做。他只是把头埋在椎崎老师的怀里,一动不动。"

秋内想起来了。

他曾经这样问过京也:

"你不寂寞吗?"

京也自幼失去母亲,跟父亲的关系又不好。他竟能对此毫不在意,这让秋内很惊讶。当时,京也淡淡地回答:

"一点儿都不。"

那果然是谎言。

秋内当然无法完全理解京也与镜子裸体相拥时的心情,顶多只能猜测,寂寞并不能算作答案。他觉得,自己心中的某个角落也能与京也产生共鸣。

"椎崎老师跟友江君躺在一起,内心也感到很放松。后来,两个人就一直重复这种行为。有时友江君会在她怀里啜泣,椎崎老师也会哭出来。"

间宫突然转开目光,表情异常悲伤。

"那可能也是爱的一种形式吧。"

"可是……京也为什么要说谎?"

尽管知道答案,秋内还是问了出来。

间宫的回答跟他想的一样。

"因为你在。"

京也在这里编造谎言时,间宫两次想插嘴。

"那个……友江君啊……"

"我不知道这些话该不该说……"

间宫肯定是无法放任京也在自己眼前编造悲伤的谎言。第一次,京也没有理睬他。第二次,京也瞪了间宫一眼,眼中充满敌意。

京也不想让秋内知道自己的真实情况。

刚入学没多久,秋内就对京也形成了"他是个大男人"的印象,并且一直维持到现在。或许正因为这样,京也才会试图对他隐瞒真相,哪怕他的谎言会让自己成为世上最卑劣的那类人。

"我们去老师家吧!"

刚才他们在路上碰到间宫,间宫表现出他知道京也和镜子的关系后,京也马上说了这句话。他们本来打算到秋内家私下交谈,但京也这么一说,就变成了三个人一起去间宫家。他之所以要在这里跟间宫和秋内交谈,可能有两个意图:一是欺骗秋内,二是用说谎这个行为暗示间宫不要透露真相。

但是间宫无法保持沉默。如果知道真相的是秋内,他同样无法保持沉默。就算那是京也本人的意愿,他也无法眼睁睁看着京也亲口编造谎言,给朋友留下最恶劣的印象。

"老师,椎崎老师的丈夫知道这件事吗?他知道京也和椎崎老师不是那种关系吗？"

"他知道。我刚才说了，悟先生提问时，椎崎老师坦白了一切。"

"那为什么……"

说到一半，秋内闭上了嘴。间宫继续道：

"因为悟先生也一样……"

没错，一定是这样。

（六）

"京也今后打算怎么办呢？"

秋内突然感到无比疲劳，他坐在地上，伸直了双腿。

"学校怎么办？弘子怎么办？他说要退学，还要跟弘子分手……"

"啊，对了，说到卷坂君，我能问你一件事吗？"间宫看着秋内。

"刚才 OB 不是对她吠了几声吗？它在外面碰到卷坂君也会这样吗？"

"不，不会。上次在渔港碰到，OB 没有对她叫过。"

"这样啊……"

间宫垂下眼睛，似乎有些遗憾。

"怎么了?"

"没什么……我猜她可能早就知道京也君和椎崎老师的关系了。"

"啊?为什么?"

秋内盘起双腿,面向间宫。

"你知道'负性强化'现象吗?"

"不知道,我头一回听说。"

"我在课上讲过啊。"

"我可能没听。"

间宫沮丧地低下头,但很快又抬了起来。

"那我再讲一遍。"

他一脸严肃地讲了起来。

"有的狗平时从来不叫,可是邮差一来就狂吠。你觉得这是为什么呢?"

秋内默默地摇摇头。

"那是因为邮差投递了邮件后,马上就离开了。当然,我们都知道这是邮差的工作,然而狗却以为有人侵犯了自己的领地,出于防御本能,叫了几声。邮差离开后,狗误以为'我叫了几声,把他吓跑了',因此感到很得意。从那以后,每次邮差出现,都会在狗叫时离去,狗的误会就越来越深了。这就叫'负性强化'现象,与狗跟主人握手换取零食的'正性强化'相反。"

"哦……"

"同时,狗在领地之外见到同样的人不会叫,比如在散步路上见到邮差,它会一声不吭。"

"一声不吭……"

"所以我认为,卷坂君在 OB 眼中,可能就是邮差。"

"邮差……"

他一点儿都听不懂间宫的话。间宫好像看懂了他的表情,马上补充道:

"按照顺序说吧。首先,友江君在椎崎老师家与之相会时,把自行车放在哪里了?放在围墙内侧,外面看不见的地方。悟先生是因为看到了自行车,才带着怀疑走进屋里的。椎崎老师住在大学附近,如果有学生碰巧路过,看见了友江君的自行车,那就麻烦了。"

标致牌的自行车造型比较奇特,认识京也的学生,一眼就能看出那是他的车。

"刚才友江君说,他每次去椎崎老师家,都告诉卷坂君自己去'看眼科'。"

"对,他是这么说的。"

"下面的内容只是我的猜测。刚开始,卷坂君肯定相信了友江君,但是后来渐渐产生了怀疑,然后开始思考。他真正去的地方是哪里?这么一想,她最先想到的应该是别的女人那里。"

"真的吗?"

"我认为是。"间宫继续说道,"卷坂君又想,那个女人是谁?

然后不经意地想道,会不会是椎崎老师?这可能就叫'女人的直觉'吧。也许她根据友江君平时的言行,猜出了对方的身份。于是,卷坂君就在友江君声称要去看眼科的时候,带着忐忑的心情,独自去椎崎老师家看了一眼。"

间宫好像完全入戏了,语气里早就没有"只是猜测"的感觉,变得格外逼真。

"卷坂君来到椎崎老师家,隔着大门查看里面是否停着友江君的自行车。当时,OB正好待在狗屋里。它看见卷坂君,出于守护领地的本能开始吠叫。卷坂君吓了一跳,马上离开了。OB误以为自己成功地守护了领地,心里十分得意。另一边,卷坂君还是怀疑友江君出轨了,于是又在另一个友江君'看眼科'的日子里去了椎崎老师家寻找他的自行车。OB见到她又吠了起来,卷坂君立刻离开,OB继续得意。如此反复几次……"

"啊,所以弘子就成了'邮差'?"

"没错,就是这样!卷坂君只是去椎崎老师家查看友江君的自行车,OB却以为自己在守护领地。现在回到最开始的话题。OB目前的领地是这个房间,所以刚才卷坂君来到门口时,它突然大叫起来,看到卷坂君后退时,立刻安静下来了。那证明OB并非讨厌她,也没有把她当成敌人。由此可见,OB极有可能是条件反射地对她吠叫。可是,秋内君和友江君进门时,OB一声都没有叫,所以我们可以认为,条件反射的'条件'是卷坂君这个人。"

"啊……原来如此!"

这次秋内理解了。

"因此,您才说弘子可能知道京也和椎崎老师的关系啊。"

"嗯,但她可能并不知道真相。"

秋内理解了间宫的话,但并没有因此感到松了口气。

他的心情依旧沉重。

他突然不想思考太复杂的事情,又在地板上伸直双腿,两手撑在身后,呆呆地看看天花板、看看墙壁,再看看睡在旁边的OB,然后看向间宫。对方也一言不发,不知在想什么,可能只是说话说累了。秋内突然觉得手心有点儿奇怪。他抬手一看,发现多了一颗"痣",再仔细一看,那原来是一个"脏东西"。周围没有垃圾桶,他就把那个"脏东西"放到了桌上。

"那是暗铜步甲[①]?"

"不是,是西瓜子儿。"

"啊,可能是上次掉的。"

今天的早报也摊在矮桌上,最上面那张是电视节目表。

"啊……"

秋内凑近报纸,忍不住喊了一声。

《完全比较:危险犬种排行》——一个综艺节目的副标题介绍里写着这么几个字。

---

① 暗铜步甲,一种步甲科昆虫。

"这可能跟阳介君的事故有关。"

"媒体真爱做这种完全偏离主题的节目啊!"他叹息了一声。

间宫有点儿好奇。

"要不要看看?"

"那就看看吧……"

间宫打开了那台陈旧的小电视机。几个艺人、嘉宾和"专家"坐在U型桌旁,正在不负责任地大放厥词,但没人提起阳介和OB的名字。

"其实腊肠犬这种犬也很凶猛,它们毕竟原本是被用来猎野兔的。"

"啊,真的吗?它们看起来很乖呀!"

"不能被它们的外表欺骗了,那种狗真的很凶!"

"哎呀,我都不知道!对了,教授,我想问一下,柴犬也很凶吗?"

"柴犬对饲主很忠诚,有人攻击饲主时,柴犬会冲上前去……护……举个例子……"

可能是信号不太好,电视画面不时闪动几下,声音也断断续续的。

"不过,为了去世的孩子,还是要尽快查清真相啊!"

"对啊,孩子家属再……也受不了吧!"

媒体还没得到镜子自杀的消息吗?也许他们是刻意不提及吧。

电视画面切换成了声音特别小的播报。

"事故来得十分突然……"

播音员介绍事故情况时,画面不断切换:"尼古拉斯"门前的马路、人行道和花束,以及目光凶猛、正在狂吠的狗。最后,电视画面上出现了"参考影像"四个字,这是用来参考什么的?

很快,电视画面变成了静止的远景。

"少年与狗在那里快乐地生活……"

"二楼前方的窗户……"

"玄关旁的狗屋……"

"就像等比例缩小的房子……"

"木原先生,请问剔除细骨有什么诀窍呢?"

间宫突然换了频道。

"看料理节目也比看那个强!"

"是啊……"

秋内的母亲最喜欢的木原正在电视节目中制作鱼料理。圆润的身体上裹着围裙的他,飞快地把砧板上的竹荚鱼切成了三段。

……

耳边传来低吼声。

秋内转头看向房间一角,刚才还很乖的OB已经撑起身子,绷直尾巴朝着电视机,仰着头,龇牙咧嘴。

"老师,你看OB……"

秋内的话还没说完,OB就猛地朝电视机冲了过去。

"嗨!"

它撞上屏幕的前一刻,被间宫一把抱住了。尽管如此,OB还是拼命挥舞四肢,不停地狂吠。

"喂,OB,怎么了?"

"老师,危险!脸……脸要被踹了!"

然而,OB突然又安静下来了,只见它双眼盯着电视机,表情竟变得十分呆滞。秋内与间宫对视一眼,不约而同地看向屏幕。

"处理到这个状态,再放进烤箱。"

"啊,这个状态?"

"对,在竹荚鱼表面裹一层小麦粉,然后用低温缓慢烘烤。"

电视机播放的就是普通的料理节目。

"老师,刚才那是怎么回事?"

间宫没有回答。

"老师?"

间宫抱着OB,久久凝视着电视机的画面。直到OB难受地扭动身体,他才回过神儿来,松开了手。

就在那时,秋内口袋里的手机响了。他看了一眼屏幕,是智佳。对了,智佳的确说过要打电话给他。秋内飞快地做了个深呼吸,把电话举到耳边。

"喂……"

"静君,我在门外!"

"啊？哪个门外？"

"我的公寓门外。弘子在屋里，我跟她说出来买饮料。"智佳的声音很僵硬。

智佳告诉他，后来，弘子在酒馆的停车场哭了好久，她百般安慰，最后才把弘子带回了自己家。进屋后，弘子又哭了好久。

"我都听弘子说了。"

"啊，弘子说什么了？"秋内提心吊胆地问。

智佳告诉他，弘子站在间宫家门口，基本听到了他们所有的对话。

"她还说她早就发现了椎崎老师和京也君的关系，但是一直没有确凿的证据。大约从一年前开始，京也君就会在没课的时候离开学校。他对弘子说去医院看病，可是弘子后来渐渐怀疑……"

一天，趁京也离开学校，弘子鼓起勇气去了镜子家，想看看京也的自行车是否停在里面。她站在门口往里看了一眼，果然看到了京也的自行车。可是当时 OB 突然叫了起来，她就马上离开了。后来，只要京也在没课时离开学校，弘子就会去镜子家查看。她有时能看到京也的自行车，有时看不到。

也就是说，间宫所谓的"猜测"，竟然完全正确！

弘子害怕听到真相，害怕京也跟她分手，就一直把那件事藏在心里。

"就是因为这件事，弘子跟京也约会时开始叫上我了。因为她担心自己跟京也独处时会忍不住质问椎崎老师的事情,所以才把我叫过去。"

说到最后,智佳的声音有些颤抖,这是因为她强压着对京也的怒火吗?

"但是这种违心的约会……"

这种约会实在是太让人难过了。那天他们在"尼古拉斯"吃午饭时,弘子终于忍不住跟京也摊牌了,于是,就有了那场对话。

"京也君在那边吗?"智佳严厉地追问道。

秋内忍不住举着电话摇起了头。

"那家伙不知去哪里了,手机也打不通!"

"这样啊……"

智佳沉默了一会儿。

秋内忍不住想把间宫的话告诉她,向她坦白京也跟镜子不是她们想的那种关系。可是就算他说出来,也无法改变什么,正如真相无法改变悟先生的决定。

"你跟京也君讨论椎崎老师自杀的事情了吗?"

"嗯,讨论了。"

"跟京也君有关系吗?"

"好像没有。正因为这样,那家伙才决定对我坦白他跟椎崎老师的关系。他说如果不这么做,以后我从别人口中听到这个事实,可能会怀疑椎崎老师的自杀跟他有关系,所以干脆先下手为强。他可能觉得,只要他亲口解释了,我就不会有过多的怀疑吧。"

"那么,椎崎老师自杀是因为阳介君的事故?"

"我觉得应该是。"

智佳再次沉默了。由于她沉默的时间太长,秋内怀疑智佳是不是因为阳介君的事故,又想到了别的事情,比如前些天她提到的狗绳。

"羽住同学,莫非你……"秋内鼓起勇气问道,"还在想狗绳那件事?"

智佳没有回答,但她的沉默证实了秋内的想法。

"我在'尼古拉斯'说过了,那绝对不是羽住同学的错!"

秋内握紧手机,加重了语气。

"阳介君之所以把狗绳缠在手上,是因为 OB 突然不走了。"

"嗯,谢谢你。"她的语气不像是被他说服了。

智佳说不想让弘子一个人待太长时间,很快就结束了通话。秋内长叹一声,把手机放回口袋里。

接下来该怎么办?弘子能振作起来吗?京也究竟去哪里了呢?智佳还会一直自责吗?

他猛地转头,发现间宫的脸近在咫尺,他的身子不禁往后缩了缩。

"狗绳怎么了?"

"啊?"

"OB 怎么不走了?"

间宫的表情极其严肃,他目不转睛地盯着秋内,让人怀疑他的眼球都凸出来了。

"嗯……羽住同学觉得可能是她害阳介君出事了,但我觉得不是。"

"你详细说说。"

"嗯,事情是这样的……"

秋内不明白间宫为何想知道这些,但他还是把事情详细说了一遍。智佳在渔港出口处吩咐阳介不要松开狗绳,现在她怀疑事故的原因可能就是她的那句话,但是秋内否定了她的想法,认为阳介君把狗绳缠在手上,是因为 OB 突然赖着不走了。

"也就是说,事故发生前,OB 一直赖在路上不走?"

间宫又凑近了一些。

"然后,还打了哈欠?"

"是的,可是……"

"那不就是舒缓信号嘛!"

间宫一屁股坐下来,双手抱住了头发蓬乱的脑袋。不一会儿,他又猛地站起来,面向秋内。

"我要确认一件事。阳介君出事那一刻,友江君正站在'尼古拉斯'的楼梯平台上,像举枪一样举起钓鱼包,惊飞了麻雀,对不对?"

"啊,对!"

"当时他说,麻雀正在看着他,对不对?"

"对,他说麻雀都在看着他。"

间宫再次一屁股坐下来,盯着空中一动不动,似乎在拼命思考。

"那个……老师,您怎么了?"

那一刻,秋内尚未察觉到,间宫正在思考的事情究竟有多重要,对当时的一切,对他自己。

***

"间宫老师后来好像发现了什么,但他没告诉我。"

说到这里,秋内便瘫倒在沙发上。经过漫长的叙述,他感到身心俱疲、浑身发冷、大脑抽痛。旁边的智佳把手轻轻搭在秋内的腿上。他叹息了一声,握住了那只手。

雨声、川流声。

"那个怪人觉得麻雀看我很奇怪吗?"京也烦躁地说。

"对……那好像很重要。"

"无聊!麻雀看我有什么可奇怪的?拿一袋炒米去公园喂鸽子,鸽子都会看我!"

"静君,间宫老师还是很在意 OB 赖着不走这个细节吧?"智佳看向秋内。

"没错,但我还是不明白……他究竟是什么意思?"

"那 OB 为什么朝老师的电视机扑了过去?"

"我也不知道……啊,好烦啊!"

秋内双手抱头,觉得自己的脑袋在嗡嗡作响。头怎么会突然痛起来?

"不过,我可以肯定,"京也在沙发上伸了个懒腰,然后瘫软下来,"坐在这里说再多也没用,得不出结论。你的话太多了。"

"那有什么办法?我想把这件事从头到尾好好理顺一遍。阳介君、椎崎老师,还有 OB……如果一切都能从头开始……"

"知道了!"

京也挥了挥手,不耐烦地看着空中,随后看了一眼身边的弘子,他似乎在确认什么。弘子注意到他的目光,把目光转向了对面的智佳。最后,智佳像拿过了接力棒一样,又看向秋内。

三人似乎都想说点儿什么。

"你们在干什么啊?"

秋内轮番看着京也、弘子和智佳。

雨声、川流声。

一阵白光闪过,天花板上的照明灯忽明忽灭地摇晃了几下。

"静君,"智佳开口了,不知为何,她的声音有点伤感,"静君,你听我说……"

"不用告诉他,"京也飞快地制止道,"最好让这家伙自己想!"

"自己想?"

秋内十分困惑。他需要想什么?这三个人知道些什么?他们在隐瞒什么?

"给你个提示吧!"京也双手放在膝头,很不情愿地把身子凑了过去。

"你仔细想想,你后来怎么样了?"

那句话宛如冰凉的水滴,让秋内心中升起淡淡的不安。

"什么意思?"

"在'妈妈咪呀'家聊完这些后,你干了什么?"

"没……我没干什么啊!间宫老师不说他在想什么,我又理不出个头绪来……"

"然后呢?"

"然后,我就去学校了,后来又去打工了……"

第五章

（一）

那个星期日格外闷热。

秋内一边蹬车,一边掏出短裤口袋里的手机,目不斜视地看着前方,手摸索到了手机的重拨键。

"哎,辛苦啦!"阿久津中气十足地接了电话。

"辛苦了,我是秋内,第六单配送完毕!"

"节奏不错啊!阿静真棒!"

"下一单是哪里?"

"暂时没有,回办公室休息吧。不过,我每次这么说了,你也不会回来。"

"反正你很快又要打来了。"

"哈哈,这就是工作,认命吧!"

"我在周围逛逛吧。"

"行,单子来了再联系你。"

秋内结束了通话。

后来,京也就再也没去过学校。他的电话倒是能拨通了,只是没人接。给他留言要求他回电话,他也从不回复。秋内打工时还去过京也住的公寓两次,但他都不在家。他还看了一眼楼下的自行车场,发现标致牌自行车停在那里,可见京也是坐电车或者计程车出门了,也有可能是坐别人的车出门了。可他究竟去哪里了呢?

他问过弘子和智佳,她们也不清楚京也的行踪。

那天以后,间宫对秋内的态度就有了变化。两人在学校遇到时会互相打招呼,还会闲聊几句,可是秋内一问起 OB、阳介和镜子的事情,间宫就会突然说有急事,或是躲开他的目光,嘀咕一句"别再想了"。他还去间宫家找了好几次,间宫每次都不在家——说不定他只是假装不在家。秋内完全不理解间宫的想法。

据说,镜子的葬礼只邀请了近亲,大学公告栏贴出的讣告内容很简单,只通知了镜子的死讯。

秋内口袋里传来了手机铃声。最近他习惯先看一眼屏幕,再接电话。他希望电话是京也打来的,可惜上面只显示了"ACT"。

"阿静,辛苦啦,去接第七单吧!"

秋内马上切换状态,问道:

"在哪里收件?"

"出云阁,就是那个殡仪馆。你知道那个地方吧?"

"嗯,我知道。"

"寄件人在大厅左侧最里面的休息室等你,他叫户部先生。"

"户部——没听过这个姓呢!"

"哈哈,开玩笑的,是户田先生啦,户田先生!好了,你加油哦!"

秋内重新握紧车把,前往出云阁。拐上沿海县道后,他降低挡位,减轻阻力,一口气登上了从渔港延伸出来的陡坡。跨过相模川时,周围的路面突然笼罩上了一层阴影。他抬头一看,刚才还很晴朗的天空不知何时布满了乌云。

"要下雨了。"

进入罗汉松包围的出云阁后,秋内发现那建筑门前停着一辆灰色轿车,车一直没有熄火。秋内把山地车停在那辆车的旁边,就在那时,轿车司机把头转开了,但秋内并没有多想。

"左侧进,左侧进……"

他穿过玻璃门,走向指定地点。大厅里有几面隔扇一字排开,根据走廊上的指示牌,那里就是"休息室"。

"最里面,最里面……打扰了!"

他打招呼的同时拉开隔扇,里面有一群穿着丧服的人,他们齐齐转过头来看着他。正在用手帕擦着眼角的妇女,拿着水杯满脸通红的老人,还有张着嘴巴的小女孩儿。

"您好,我是 ACT 的投递员,过来收件……"

人们没有反应。

"哎……"

所有人都愣愣地看着秋内。

"请问……户田先生在吗?"

有几个人困惑地摇了摇头。

"这样啊……抱歉,失礼了!"

秋内拉上了隔扇。难道那个叫户田的寄件人去厕所了?秋内在走廊上等了一会儿,但是没有人走过来。

"怎么回事?"

他感到莫名其妙。回到大厅,他拿出手机,准备打给阿久津,想问清楚情况。就在这时,手机铃声响了起来,屏幕显示"ACT"。秋内按下通话键,走了出去。刚才那辆车已经不见了,只剩下他的山地车。

"你好,辛苦了!"

"哦,阿静啊,不好意思,寄件人联系我改了一下地址……呼……"阿久津说完,还发出了奇怪的声音。

"啊,改地址?难怪我刚才去休息室,寄件人不在里面,尴尬死了!"

"那个户田先生突然有急事,拿着要寄的文件就走了,所以……他要你去另一个目的地找他。"

"知道了,目的地在哪里?"

"渔港。"

"渔港?怎么跑到那个地方去了?"

"谁知道啊!他很赶时间,希望你立刻过去,越快越好!"

"哦……知道了。"

秋内正要结束通话,却忍不住问:

"社长,你怎么气喘吁吁的?"

"我在举重啦,举重。你不是见过我的杠铃吗?"

"哦,这样啊。"

他可真够清闲的。

秋内收起手机,跨上山地车,撑在地面的脚用力一蹬,顺势踩下了踏板。车身往前一冲,耳边响起风声。他离开出云阁,向渔港的方向骑去。他来到刚才的桥头,前方就是陡坡。虽然他很讨厌客户更改地址,但用超高速下坡肯定能让他心情痛快一些。挑战一下久违的时速五十公里吧!这时,他的手机又响了,秋内蹬着车,接起电话。电话几秒钟就说完了,他再次收起了手机。接着,他全力蹬动踏板,放低上半身进一步加速——那一刻,秋内突然感到山地车有些异样。唯有长年与爱车同行、经常保养爱车、每天都愉快地与其相处的人才能发现那种微妙的异样。他没有多想,双手几乎是下意识地伸向刹车,捏紧了左右手柄。砰!车子前后同时发出巨响,两边的手柄突然变得像纸一样轻。他瞪大双眼,余光处闪过的细细银丝,像游蛇般在空中飞舞。那是他车上的刹车线。下一个瞬间,车子的前轮碾到了什么东西。他的身体连着从高中陪伴他到现在的爱车一道,忽地腾空而起。飞速旋转的视野中闪过无数难以辨认的东西,灰暗的天空、灰暗的柏油路,以及双手松开的车头,仿佛旋转的不是他,而是整个世界。

***

秋内猛地站起来,再也说不出话来了。

他在拼命忍耐着记忆给他的一记重拳。他张开薄唇,凝视着空中的一点。

京也、弘子和智佳都用担心的目光看着他。

"原来……"

他好不容易挤出了两个字。他实在太痛苦、太悲伤,现实太沉重,压得他什么话都说不出来。这时秋内才知道,原来人在真正受到打击的时候,连哭都哭不出来。他总算理解弘子那天在间宫的门外听到他们的对话时的心情了。当时她也没有哭出来,后来一哭就停不下来,但她最终要停止哭泣,必须停止哭泣,因为她还活着。

"你想起来了?"智佳目不转睛地看着秋内。

"想起来了。"

秋内吃力地回答完,又把同样的话重复了一遍。

对面的弘子关心地说:

"秋内君……我不知该说什么好,总之,谢谢你!"

泪水顺着脸颊滑落,弘子抬手抹掉泪水,继续说道:

"京也的事,给你添麻烦了,对不起!"

秋内无声地摇摇头。

"我还有好多话想跟你聊。"京也沉重地说。

"没想到结局竟是这个样子,我对不起你!"

京也低头道歉了。这是他第一次看京也做这样的动作,也是最后一次。

秋内闭上眼,一动不动地沉默了片刻。

嘈杂的雨声、晦气的川流声。

对,大雨、川流,还有这家店……

这一切都是秋内自己想象出来的东西。

他缓缓睁开眼,先看向京也。

"我也想多了解你一点儿。虽然我们认识了两年,可我到最后都不知道你究竟是一个什么样的人。"

"我啊……比较神秘!"

京也说完,搂住了弘子,弘子也顺从地靠在京也身上。这情景让他高兴了一些。

"你只是性格扭曲吧!"

听了秋内的话,京也看向窗外。

"谁知道呢!"

弘子对秋内笑了。

"弘子也是,没能在京也的事情上帮到你,真对不起!我这个人不太懂男女之情……"

"没关系,反正秋内君满脑子都是智佳,再思考别的,脑子恐怕要爆炸了。"

京也在旁边做了个手势。

秋内笑了笑,最后转向智佳。

"羽住同学,我……特别遗憾。"

智佳含泪看着秋内,微微点了一下头,发梢轻轻晃动。

"我觉得是时候坦白自己的想法了。虽然不知道羽住同学怎么想,可我又不是小孩子了,不能总是拖着……"

智佳又点了一下头,泪水顺着洁白的面庞滑落。

"对了,还要谢谢你帮我去图书馆查资料。"

"结果并没有派上用场。"

"没关系。京也告诉我时,我特别高兴,而且还解除了误会。"

"误会?"

"羽住同学在门口看到我,不是躲起来了吗?"

"哦。"智佳露出微笑。

"我还以为羽住同学跟京也在瞒着我约会呢!"

"你这家伙太蠢了!"

京也哼了一声,连智佳都表示了赞同。

"不过我也快蠢到头儿了。"

秋内说完,两人脸上的笑容都消失了。

他做了个深呼吸,然后看向智佳,决定破釜沉舟。

"既然都说到这里了,我能亲你吗?"

"你想亲吗?"智佳微微歪过头,询问道。

秋内犹豫了几秒钟。

最后,他摇了摇头。

"还是算了。"

如果直到最后一刻还是个妄想狂,那也太没出息了!只在幻想中实现愿望没有任何意义。

智佳垂下了双眼,不知是松了口气还是很失望。

"我也不能一直待下去,你们就送到这里吧。谢谢!"

秋内故作高兴地拍了拍手。

"真的吗?"

京也抬头看了他一眼,满脸担忧。

"没事,没事,我一个人能行!"

京也沉默着看了他一会儿,很快便下定决心,伸出了一只手。

"再见了,秋内!"

秋内握住他的手。

"六十年后再见!"

"我还想多活几年。"

"那就七十年后!"

"差不多吧。"

京也露齿一笑,松开了手。

"秋内君,再见!"弘子挥着手说。

"路上小心,静君!"智佳露出了悲伤的微笑。

然后,他们三个人同时消失了。

脸上滑过一道液体,秋内没用店主借给他的黑毛巾去擦,而是用手擦了一把,五根手指被染得通红。

"好吧……"

秋内离开座位,慢慢走向坐在柜台里的店主。

"riverside cafe SUN's……"他喃喃地说道。

"SUN's……三途①……啊,玩谐音真无聊!"

他忍不住苦笑。不过仔细想想,这组谐音并不是秋内的原创,而是间宫的拿手好戏。"仓石庄"……Christsaw,一定是这种想法侵蚀了他的大脑。

同时,他也总算明白为什么这里的咖啡如此便宜了。一百二十日元其实就是三途河的六文钱船票。他以前在电视上看到过,一文钱相当于现在的二十日元。

秋内站在吧台旁,对店主笑了笑。

"我就觉得好像在哪见过你!"

店主用阴沉的目光看着秋内。

"我们见过两次,对吧?"

"嗯,也许吧!"

店主给了他一个简短的回答,然后耸耸肩。

"难怪你的声音那么耳熟!"

---

① "SUN's"的日式发音与"三途"的发音皆为"sanzu"。三途河,传说中冥界的河名,是生界与死界的分界线。

秋内说完,店主无声地勾起了嘴角。

"你很担心我会发现阳介君那场事故的真相,对吧?"

"你猜呢?"

"所以你在山地车的刹车线上动了手脚,把我害死了!"

"有可能吧。"

"不管怎么说……"

"都已经太晚了。"

店主慢悠悠地站了起来。

"快到打烊时间了。"

"好吧。"

秋内转身走向店门,但是被店主叫住了。

"那里是入口。"

店主抬手指向店的另一端。

"出口在那边。"

沙发座旁边不知何时出现了一道门。秋内顺从地朝那边走去。他抓住雕刻着奇特花纹的金属把手,推开门一看,外面是汹涌的奔流。

"我还是头一次看见三途河。"

"嗯,一般人都这样。"

秋内转头看向店主。

"真想把你也带走!"

"我能理解你的心情。"

"但是不可能!"

"恐怕不可能。"店主微笑着说。

秋内的脚下出现了一条长桥,跨过昏暗的河面,笔直地伸向对岸。他还有很多事情想做。他还想骑车,他还想尝一尝学校食堂里那些没尝过的套餐,他想跟喜欢的女生过一下二人世界,他还想再见到父母。

可是,那些都无法实现了。

秋内踏上桥。脚下水声轰鸣,雨点打湿了他的肩膀。他抬起头,发现对岸出现了两个身影,一个细长,一个短小。

那是镜子和阳介。

两个人都在冲他微笑。

他们为什么笑?

秋内也忍不住笑了。

笑着笑着,他开始流泪。

他流着泪,走过长桥。

间宫会发现一切的真相吗?他会白白死去吗?他只想知道这些。

秋内走完了长桥。

第六章

（一）

"医生，脑波……"

没等年轻女护士提醒，医生已经紧盯着监测脑波的屏幕了。脑波振幅显示出断断续续的波动，仿佛濒死的患者正在专心思索一件事。

医生困惑地皱起眉，微微歪着头。

聚集在相模医科大学附属医院病房里的人全都屏息注视着病床。窗外光线昏暗，隐隐传来雨声。

"他在想什么呢？"秋内静的父亲轻声呢喃。

他的妻子站在他旁边。她原本紧咬着嘴唇，听到那句话后终于流下了眼泪。

"可能有话要说吧。"羽住智佳说道。

与其说是猜测，她的语气更像是在祷告。她凑近病床，旁边的卷坂弘子也跟着靠近了一步。

就在那时,病房门外传来声响,好像是一名护士在走廊上与人争执。

"求求你,让我进去……"

"很抱歉,现在病人正处在危急状态……"

不一会儿,房门开了。门外是一脸困惑的护士,还有全身湿透的友江京也。

"京也,你去哪里了呀?"弘子压抑着感情问了一句。

"回老家了。"京也飞快地看向她。

"我回去跟老爸谈事情,刚回到东京的公寓,就接到秋内妈妈的电话……"

京也突然停下来,走向病床。

"可恶,怎么会这样?"

寂静降临在充满药味的病房。

脑波那奇怪的波动又持续了一段时间。医生和护士面面相觑,都不知如何解释。

没过多久,智佳轻呼一声。

"他在说话……"

所有人都看了过去。紫色的嘴唇轻轻颤动,还张开了一条缝。秋内的父亲飞快地竖起食指示意大家安静,接着把头凑到枕边。

雨声包裹了安静的病房。

紫色的嘴唇缓缓蠕动,吐出微弱的气息。那好像是个三个字的词，第一音是"ba"……接着是"be"……最后一字伴随着叹息，听起来像是"u"。

除了其中一人，在场所有人都交换了困惑的目光，他们都希望有人解开那三个暗号似的遗言。

唯独京也没有参与目光的交换。他抿着唇，微微点头，似乎理解了对方的意思。

很快，脑波和心电图都变成了直线。医生确认了一下时间，准备宣告死亡，却不知该看向哪个人的脸。最后，只有秋内的父亲一言不发地点了点头。

就这样，一条生命离开了人世。

除了医生和护士，病房里共有五个人，他们都用各自的方式接受了这个事实。有人流下眼泪，有人不断重复着短促的呼吸、克制着眼泪，有人无语凝噎，有人面朝天花板闭着眼，也有人凝视着空中，但没有一个人注意到门外传来的轻微脚步声。那脚步声渐渐远去，最后消失了。

（二）

间宫未知夫细瘦的手臂交叉在胸前，站在贴有"布草间"铭牌的房间门口，静静等待一个人。很快，他听见了一阵急促的脚步声。那声音极不规则，仿佛发出声音的人强忍着奔跑的冲动。

间宫抬起头,看见一个人影闪过,然后展开了行动。

那个人快步走出医院大门,冒雨走向停车场。间宫在雨中飞快地环视四周,看见一辆计程车正在转盘处停着,让客人下车,他毫不犹豫地跑过去,不等司机确认,就拉开了即将关闭的后座车门,坐了进去。

"司机先生,你擅长跟踪吗?"

"我说……"

司机带着惊讶和不愉快的表情转过脸来,看到间宫严肃的表情,顿时咽下了后面的话。间宫没有说话。司机盯着他看了一会儿,满是胡楂的脸上露出了一丝微笑。

"我没有实际经验,但要说一点儿都不想尝试,那肯定是假话。"

"那就麻烦你,跟上那辆灰色汽车,就是那辆,快点儿!"

"明白了!"

那辆车正好驶出停车场,计程车随即启动,跟在后面。前窗的雨刷掀开雨幕,他看见那辆车的牌照以"wa"开头,那可能是租来的车。

"客人,你是警察吧?"

司机好奇地透过后视镜看着他,间宫默不作声地摇了摇头。

司机可能觉得他在说谎。他看着前方,又问了一句:

"那辆车上的人是坏蛋吧?"

间宫在后座上盯着前面的车,开口回答道:

"我暂时不能肯定!"

看不见的太阳渐渐西沉,周围的光线越来越昏暗。前面的车的轮廓渐渐融入夜色,只剩下尾灯表明它的存在。

那辆车驶上了沿海县道,在红绿灯路口右转,左侧是海岸,车一路前行,驶过殡仪馆出云阁,驶过相模川大桥,又在陡坡上行驶了一段……

"客人,前面的车要停下来了!"

果然,前车开启双闪灯,缓缓驶向路边。

间宫犹豫片刻,对司机作出指示。

"在这里停车吧。别停在后面,稍微往前开一点儿。"

"知道了!"

司机兴奋地转动方向盘超过前车。间宫透过车窗看见了驾驶座上的人。那个人坐在昏暗的车内,紧盯着车道一侧的后视镜,似乎在等待开门的时机。计程车径直驶过,在距离灰车五十米的前方停了下来。低矮的栏杆另一端耸立着无数黑色的岩石,远远看去,它们都有尖锐的棱角。海浪一阵又一阵地拍打在上面,激起大量水沫。他扭过身子凑近后窗,隔着玻璃上的雨滴看见那个人开门下车。只见他慌张地绕到车后,接着就消失不见了。他应该是在车的另一头蹲下了身子。

"客人,那个人在干什么?"

"不知道!"

"我知道了……你的任务需要保密,对不对?"

间宫没有回答,他死死地盯着坡道上方。不一会儿,那个人又从车尾探出头来。他双手抬起后备厢的盖子,接着,其身影再次消失。

"他在往车上装东西呢!"

"应该是……啊,他上车了!司机先生,请跟上去!"

"知道了!"

男人又一次开动了汽车。司机等他超过去,然后放下手刹,轻踩油门,没有打灯就并入了车道。司机可能是不想让前车发现自己正在跟踪。

"你很擅长跟踪呢!"

"我这都是看书学来的,没想到有一天能派上用场!"

灰车驶下坡道,在Y字路口向左前进。

"前面是渔港啊……那个人想干什么?"

"不知道!"

"不会是违禁药品交易吧?如果是那样,我可不敢跟过去。"

"应该不要紧,他不是黑帮分子。"

"也对,他的确不像那种人。"

灰车降低车速,驶进渔港。计程车远远跟着,在护栏旁停了下来。他们看着灰车驶进昏暗的渔港,在海堤旁边停了下来。接着,车灯骤然熄灭。

"到这里就好了,谢谢你!"

"加油啊,警官……哎呀,说漏嘴了!"

司机故意掩住了嘴。间宫支付完车费便下了车,弓着修长的身子,冒雨快步走向渔港。四周不见人影,海堤那边传来关闭车门的声音。那个人的身影宛如黑暗凝聚成的团块,勉强能够辨认。间宫加快了脚步。

穿过渔港入口后,间宫走向海堤,来到距离灰车十米远的地方,躲在旁边一艘渔船的阴影里。

他在干什么?间宫注视着那个人在黑暗中的身影。他把头探进后备厢,接着轻哼一声直起了身子,双手拢在身前,似乎抱着一个很大的东西,摇摇晃晃地转了过来。他的动作就像歌剧演员正在倾情演唱。间宫眯起眼睛,仔细打量那个人的奇怪姿势。他的胸前发出了光芒,光芒渐渐变大……

间宫突然明白了,他正抱着一个大号的透明物体。

意识到这个事实后,间宫就像熟练分辨雏鸡性别的专业人士一样,敏锐地分辨出了那个物体的形状。那个人怀里的物体材质不明,可能是玻璃,也可能是塑料。有一个方形平面,和两个三角形平面,形状跟跳台一样。他刚才在坡道上停车,恐怕就是为了收回那东西。

间宫一动不动地注视着男人手上的物体。那是什么?那东西能用来干什么?

"跳台……路边……拾起来……"

他恍然大悟,知道那个物体的作用了。接着,他不禁咬紧了牙关,嘴唇开始轻颤,心中燃起熊熊怒火。

"原来如此……"他低声呢喃。

那个人飞快地扭动着身体,紧接着是水花四溅的响声,他面前的昏暗水面剧烈波动起来。

"在销毁证据啊……"

那个人长叹了一声,合上后备厢,绕向驾驶席,打开了车门。但他没有坐进去,而是从里面取出一个东西,塞进裤子口袋里,又合上了车门。紧接着,他转向间宫的方向。

他慢慢地走了过来。

间宫屏住呼吸,绷紧了四肢。

他想:糟糕,难道被他发现了?不,现在还不能肯定,最好不要乱动!

男人的脚步声渐渐变大,身影越来越近。前后交错的双脚踏着被雨淋湿的水泥地面,一步、一步、一步……他从间宫面前两米的地方走了过去,并没有看向间宫。

间宫放下心来,目光追逐着那个人的身影。

他正在走向宛如巨型水泥块的建筑物,其正面排列着一排铁门,那可能是渔业协会的仓库。

他拉住其中一扇门,"咔啦啦"地打开,随即消失在仓库的黑暗中。下一刻,那边又传来了关门声。

间宫等了一会儿,那个人迟迟没有出来,也没有发出任何响声。

他进去的时间太长了,间宫突然产生了不好的预感。莫非他要做那种人类特有的行为……

他忍不住站起来,竖起耳朵倾听,还是什么都听不见。他等了几秒钟,随即下定决心,快步走向仓库。他贴在被雨水打湿的生锈的铁门上,只听见雨声和自己的呼吸声。于是,他又握住门把,轻轻拉动,眼前出现一块细长的黑暗,隐约能看见旧渔具的轮廓。他用力地咽下一口唾沫,踏入黑暗中……

瞬间,有人用力地攥住了他的手臂。间宫向那个人所在的方向看去,只见一把尖刀正在向他逼近。

"从医院一路跟过来,你找我有事吗?"那个人平静地问道。

(三)

他把间宫推进仓库深处,一手拿着利刃,另一手插进裤子口袋,拿出了一个东西。接着,他又无比淡定地把那东西举到腹部。只听"啪"的一声,火光亮了起来。那是一个打火机。

那个人举高打火机,照亮间宫的脸,随后"嗯"了一声,露出疑惑的表情。

"你是……哪位?"

"我是相模野大学动物生态学的老师,名叫间宫。"

那个人皱起眉,好像回忆了一会儿,随后"啊"了一声,缓缓点头。

"你的名字我听过几次。"

"那太好了！对了，你知道我为什么跟踪你吗？"

"我不感兴趣。"

"你真的不想知道？"

"请你不要动！"

那个人绕过间宫，无声地拉上仓库门。外面流入的微光被彻底挡住了。

"万一有人进来就麻烦了！"

间宫吃了一惊，发现他的声音比刚才清晰了许多。也许因为仓库内空间狭窄，所以开着门和关着门的声音通透度不一样。

"我看看……"

他离开间宫，开始翻找堆在仓库角落的杂乱渔具。

"这个应该可以。"他无精打采地说完，拿着一根脏兮兮的绳索走了回来。

"不好意思，我要把你捆起来！"

他把手电筒放在地上，将间宫的两只手绕到背后，捆了起来，粗糙的麻绳紧紧勒在间宫手腕处的皮肤上。

"麻烦你躺下来！"

"你要干什么？"

"躺下来！"

那个人的尖刀猛地逼近间宫的眼球。由于他的动作很干脆，间宫条件反射地跌坐在地。于是，他又用剩下的绳索捆住了间宫的双腿。间宫试着绷紧手腕和双脚,但是动弹不得。

"你要对我做什么?"间宫又问了一遍。

那个人耸耸肩。

"不做什么,我只是希望你别打扰我。"

"果然是这样……"间宫忍不住叹息一声。

"果然是什么意思?"

"你果然想要做那种人类特有的行为——那种最糟糕的行为。我劝你住手!"

"我不明白你在说什么。"

"只有人类会自杀!"

"哦,原来是这个意思啊!"

那个人看着手上的尖刀,微笑着点点头。那是一把水果刀,从刀柄和刀刃的状态来看,应该是新买的。

"你说对了。我本来想死在车上,可是发现你跟踪过来,就特意走进了仓库。即使在车上割了腕,万一被你发现、叫了救护车,我也可能死不成。"

"正因为这样,你走进仓库,没有马上自杀,是吗?"

"没错,我担心你跑过来偷看!"

"现在你总算能无忧无虑地死去了!"

"正是如此!"

那个人说完,就把利刃对准了手腕。间宫忍不住大喊一声:

"等等! 那个……等等啊!"

"干什么?"

那个人不耐烦地看向间宫,间宫压根儿没想好要说什么,只能信口开河。

"你这样会变成犹大!"

"犹大?"

"我最讨厌《圣经》故事里的犹大了,你知道为什么吗?不是因为他背叛了基督,而是因为基督复活后,他竟然自杀了。这是逃避,他选择了逃避。他不愿意赎罪,不愿意面对耻辱,还抛弃了上帝赐给他的生命!就这样寻死太卑鄙、太狡猾、太肮脏了!有的教堂还拒绝埋葬自杀者,如果我是神父,我可能也会拒绝!"

"那又如何?你怎么想跟我有什么关系?"

他哼了一声,再次举起刀子。

"你知道一种叫旅鼠的鼠类吗?"间宫慌忙继续说道,"哦,你不知道?是这样啊。旅鼠是一种生活在斯堪的纳维亚半岛的生物,身长大约十厘米。直到最近,人们还认为那是一种会自杀的动物,都说除了人类,还有旅鼠会自杀,然而那都是误会。学者看到旅鼠集体跳海,就误以为它们自杀了。事实是什么呢?真正会自杀的,只有人类。别的动物都不会自杀,只有人类会试图逃避自己,明明那么聪明,却做出如此愚蠢的行为。人类正因为太聪明,所以才会如此愚蠢!人类太愚蠢了!过去的事已经过去了,何必再纠结?今后会怎么样,谁也不知道啊!人类为什么要做这种蠢事?为什么要反复回忆已经过去的事情?为什么要对未知的将来如此悲观？人类拿着石弓大呼小叫打猎的时代，没有一个人会自杀，后来好不容易变聪明了，却因为自己的想法输给了现实，就伸手去拿刀子、上吊绳、煤炭和氰化物。你看那些蚯蚓、蝼蛄、水黾，个个都拼命地活着，你活得好好的，却要寻死！"

"你在说什么呢？"他叹息一声，将刀刃划向手腕。

"好吧，我知道了！我说实话吧——我真的会说实话！"

他烦躁地看着间宫，反问道：

"实话？"

"拜托，不要在我面前死！我不想看着别人死去。不要！绝对不要！"间宫大声吐露了心声。

那个人无可奈何地俯视间宫，刀刃依旧死死地抵在手腕的皮肤上。

"请你告诉我，你为什么要自杀？"

间宫诚恳地看着他，但他没有回答。

"是因为秋内君吗？"

听了间宫的话，那个人犹豫了一会儿，含糊地摇了摇头。

"不只是因为他。"

"那还有友江君？"

"他的存在也是原因之一，但不是最大的原因。"

"那你选择死亡的最大原因果然是……"间宫顿了顿，又继续道，"你害死了自己心爱的儿子？"

他动摇了。镜片后阴郁的双眼瞬间闪过讶异,继而是困惑,最后他眯起眼来,脸上露出怀疑的神情。

"你是间宫先生,对吧?你是怎么知道这些的?"

"你是说阳介君的事故吗?"

"不只是那一件事,而是全部。你只是镜子的同事,为什么会……"

"悟先生,我知道的可能比你还多!"

椎崎悟微微皱眉。

"比我还……那你知道些什么?"

"比如阳介君那场事故的真相!"

"都是因为我,OB才会突然冲出马路,害死了阳介。这不是真相吗?"

"的确如此。不过,当时OB突然冲出马路是有原因的。"

"我想它是为了攻击我。我虽然不是学者,但至少知道这些。当时OB看见我在马路对面,肯定想起了一年前的那件事。一年前,因为友江这个学生,我跟镜子大吵了一架,最后我还挥起菜刀……那天夜里,我就离开了那个家,从此再也没回去过。那天下雨,所以OB也在屋里,它目睹了事情的全过程。它的脑子里可能只留下了我是危险人物的印象吧,除此以外一无所有。它本来就是阳介捡回来的狗,我从来没有照顾过它……"

"所以,OB看见你在马路对面,才会试图攻击你?"

"只有这个可能!"

间宫低着头,跪坐在冰冷的水泥地面上,摇了摇头。

"不对。OB确实认为你是可怕的危险人物,但狗这种动物碰到危险人物或可怕的人物时,不会突然发起攻击。只要对方没有表现出攻击信号,它绝不可能做出那种行为!"

"那OB为什么突然跑了出去?"

"因为你在'尼古拉斯'的自行车场拿出了刀子!"

悟脸上的表情消失了。

"你怎么连这件事都知道?"

"狗会依靠特征的组合记忆人类,见到下一个符合条件的人时,它们会条件反射地激活记忆。比如西装和帽子、雨伞和长发,再比如……"间宫抬起头,凝视着悟,"眼镜和刀子。"

悟面无表情地抬起手,指尖轻触眼镜框。

"我是这样想的。OB把眼镜和刀子的组合记忆成了攻击信号,所以它看见你在'尼古拉斯'的自行车场拿出刀子的瞬间,对信号做出反应,向你冲了过去,因为它要保护主人阳介君。可是OB的脖子上系着狗绳,它完全想不到那会招致什么样的后果。"

"我那时根本不想攻击阳介,我只是……"

"没错,你要攻击的对象并非阳介君,而是友江君!"

悟盯着间宫看了几秒钟,他或许在寻找回应的话,或许在猜测间宫的想法,或许在思索该如何处置这个手脚被捆住的人。间宫屏住呼吸,静待他的反应。

"工作……保不住了。"

过了一会儿,悟终于开口,吐露了实情。

"工厂订单减少,我听说,因为我年纪大,被列入了近期裁员的名单。我开始自暴自弃、豁出去了。我再也不想在乎那么多了。一切都太糟糕了!"

悟的声音在狭小的仓库中激起一丝回响。

"就在那时,我正好路过那家餐厅,发现了一辆很眼熟的自行车!我绝对忘不了那辆自行车!"

悟紧闭双眼,似乎在压抑汹涌的情感,他应该是想起了那天发现那两个人躺在床上的情形。

间宫回应道:

"恶意是一种传染病。病毒会抢先支配衰弱的身体,而恶意则会抢先支配精神衰弱的心!"

听了间宫的话,悟微微颔首。

"那完全是冲动。我冲动地走进附近的五金店买了一把刀子,然后回到餐厅附近,在自行车场等他出来。那时,我的脑子里一片模糊,丝毫没有考虑将来,只是充满了对他的憎恨——我想杀了他!我要杀了他!"

"你看到友江君出现在楼梯平台上,就拿出了刀子,对吧?"

"没错。"悟长叹一声,耷拉着肩膀承认道。

当时,悟可能以为京也只有一个人,因为站在自行车场那里,看不见平台以上的位置。秋内看到间宫走出"尼古拉斯",也没注意到他后面还跟着京也和弘子。

"你拿出刀子,是为了攻击与妻子发生关系的友江君。可是OB无法理解这么复杂的事,只知道你发出了攻击信号,它必须保护幼小的主人!"

于是,OB猛地向悟冲了过去,阳介正好把狗绳缠在手上,不受控制地被OB拽到了卡车前……

这就是事故的真相。

"攻击信号……"

悟呆呆地轻抚镜框,目光转向手上的刀子。

"眼镜和刀子……我很难相信,也许OB只是凑巧在那一刻发现了我,所以冲了过来。"

"不,那不是凑巧!"

间宫打断了他的话。

"OB在那之前就发现了你。当时它正在跟阳介君一起散步,走到'尼古拉斯'马路对面时,OB嗅到了你的气味。"

事故发生前,风应该是从"尼古拉斯"那边吹向OB的。正因为如此,电线上的麻雀才会看着京也。鸟在风中落脚时,必定会集体面对同一个方向。它们会对准上风向,防止羽毛被吹乱。

"嗅到你的气味时,OB想起了一年前的事情。尽管如此,它还是试图避免争斗,想让自己和对方都冷静下来,所以它坐在地上打起了哈欠,阳介君怎么拽都不走。这种行为叫'舒缓信号',目的就是让敌人和自己都平静下来,避免争斗。OB在做那些动作时,也在观察马路对面的你,希望你不要发起攻击。"

可是,悟拿出了刀子。

间宫沉默了,空气中残留着轻微的回响,最后重归静寂。

"原来OB嗅到了我的气味……"

说完,悟也沉默了。

在两个人漫长的沉默中,只有淅淅沥沥的雨声回荡在耳边。

"悟先生,你能告诉我一件事吗?"

间宫很想得到一个答案。

"事故发生时,你并不知道遇害者是阳介君,对吧?你没发现是自己的儿子被卷进了卡车底下,对不对?"

他的问题隐含着强烈的期待。

间宫听秋内讲述了事故发生后的情形。当时周围的人全都呆滞地看着被卡车撞倒的阳介,没有一个人走上前去。当然,陌生人的这种反应情有可原。面对突如其来的车祸,他们愣在原地、不知所措也在所难免。可是如果是亲生父亲呢?看到自己的儿子被卷进卡车底下,亲生父亲也会像周围的陌生人一样冷眼旁观,甚至直接走开吗?

"我没想到那是阳介!"悟发出了哽咽的声音。

这是他第一次流露出真实的感情。

"因为我面前的车道上停了好几辆车,所以我看不见卡车周围的情况,包括OB,我把那当成了碰巧发生的交通事故……直到当天晚上镜子联系我,我才知道被卡车撞倒的人竟然是阳介。我万万没想到,儿子竟然死在了我身边!"

说到这里,悟仿佛用尽了力气,开始大口喘气。

"因此,我当时立刻转身离开了。我本来想刺死友江,但是旁边突然发生了交通事故,所有人都开始往这边靠近……所以我就放弃了。只是没想到,我的儿子就在不远处失去了生命!"

悟不再说话,他缓缓摘下了眼镜。间宫不理解他的行为,只见他轻轻抚摸着镜框,轻声说道:"啊,就是这里!"再凝神一看,悟好像摸到了镜框上的一小块划痕。

"我离开家庭餐厅时,撞到了背着橙色挎包的年轻人,被他碰掉了眼镜。"

"你就是在那时碰到了秋内君,对吧?"

"没错,那是第一次。第二次是在出云阁殡仪馆。阳介的告别仪式那天,我看见他在门厅跟镜子说话。一开始,我还没发现那是发生事故后撞到我的年轻人,后来,我听到他跟镜子讨论阳介的事,发现他在调查事故的真相。"

悟重新戴上了眼镜。

"当时快到火化时间了,我就去叫镜子。镜子回过头,那个年轻人也同时转了过来。那一刻,我看清了他的脸,万分惊愕。跟镜子说话的人,竟然就是我在事故现场附近撞到的那个年轻人。我的脑袋瞬间一片空白,他亲眼看见我离开了事故现场。他似乎没有认出我,但过后他可能会想起来,接着,他可能会觉得,事故发生时所有人都愣在原地,唯独那个人朝反方向走,实在太不自然了……"

悟抬起双手揉了揉脸。

"我不想让别人知道阳介的事故是因我而起的,我不想让任何人知道。在出云阁参加阳介的葬礼时,我已经决定自杀了。可是,我很害怕以后有人发现我要为阳介的死负责任。我留不住妻子的心,做不好自己的工作,是个很没用的人,但我不希望别人发现是我害死了自己的儿子。哪怕是在我死后,我也不希望任何人发现真相。可是,他亲眼看到我离开现场了,他可能将我和阳介的事故联系在一起。他……"

"所以你要杀了他?"

听到间宫的话,悟全身猛地一僵。接着,他的喉咙深处发出了痛苦的呜咽,仿佛受了重伤的动物发出的呻吟。

"我没想到他真的会死……没想到那个机关竟然真的能夺走人的生命!"

"你没想到?你在骗人吧!"间宫愤怒地瞪着他,"那条沿海县道底下都是尖锐的岩石,还有那么大的高度差,他连人带车冲下去,你觉得他能有救吗?"

悟无言以对。

间宫长叹一声,继续说道:

"我也不是不理解你说的话。如果你真的要害死秋内君,可以像之前企图对友江君做的那样,用刀子杀了他。那样更简单,也更实在,但你并没有那么做,而是用了那个不保险的机关。"

"我认为,自己之所以选择不保险的方法,是因为我很迷茫。

我希望他死……又不希望他死……不想杀了他……"

间宫想了一会儿,说道:

"其实我还不太明白你那个机关,所以只能凭自己的推测说,如果有错,请你纠正。秋内君出事前,你预先把刚才扔到海里的透明跳台放在路边,对不对?"

"是的……那是我在工厂自己加工的亚克力板。"

"然后,你想了个办法骗秋内君朝那个方向全速前进。"

悟没有否定。

"我在坡顶的出云阁给秋内君打工的地方打电话,把他叫出来。上次我在出云阁碰到他时,他的挎包上贴着自行车快递公司的商标,很容易就能找到电话号码。他走进出云阁寻找客户时,我趁机切断了他的自行车刹车条,前轮和后轮都只留下一点儿连接的部分。"

"你真是残忍……"

悟仰起头,像失去了感情的人一样,平静地继续说道:

"我打电话给他公司时,还用了户部(tobe)的假名。那是我给他的一点儿警告,因为我心里还有一丝希望他不要中那个圈套的念头,所以才会用那个假名。"

"户部(tobe)……和日语中的起飞(tobe)发音相似……"

间宫缓缓摇起了头。

"他不是那种能注意到细节的孩子!"

听了间宫的话,悟微微点头。

"弄坏刹车线后,我又打了一次电话,让他前往坡下的渔港,并吩咐他尽快到达。然后,我就在路边放下亚克力板,然后逃之夭夭了。"

"原来如此……"

间宫终于理解了悟的做法。

用那种方法杀人,实在太不保险了。也许,那正符合悟的心意。

想了一会儿,间宫开口说道:

"我知道你后来的行动。你在坡道上放下亚克力板后,接着去了友江君的公寓,对不对?"

悟突然抬起头。

"你是怎么知道的?"

"因为我就在他公寓楼下。其实,我并非是从医院开始跟踪你的,而是从友江君的公寓开始跟踪你的。"间宫解释道,"自从我意识到阳介君那起事故的真相后,就特别担心友江君的安危,因为我觉得,你有可能再次试图杀害他。不过,我不知道友江君去了哪里,所以只要一有空,我就在他的公寓楼下等着。今天,我也一大早就等在那里,三点过后,我发现你来了。"

间宫看见一辆汽车停在公寓前,悟从上面走下来,顿时感到后背发凉,慌忙躲了起来。

"我在阳介君的守夜仪式上见过你,所以一眼就认出你了。看到你出现在友江君的公寓前,我当即肯定,你果然没有放弃杀害友江君的念头。"

"没错,我无法放弃!阳介死后,我对他的怨恨就更大了。我决定在死前带他一起上路。阳介守夜那天收到的慰问金袋子上写着他的住址,所以我知道他住在哪里。"

"你走进去,得知友江君不在家,便回到车上,打算一直等到他回来。"

"是的……我当时想,这次一定要杀了他!"

可是京也没有回来。很快,外面下起了雨,时间不断流逝。当太阳在灰色的乌云后方向西倾斜时,一辆出租车朝公寓开了过来,京也坐在上面。

"你看见友江君走下出租车,很快就跟着下了车。友江君完全不知道你跟在后面。当时我很想向你们跑过去,阻止即将发生的悲剧,但是我忍住了。"

"因为电话,对吧?"

"对,因为电话!"

京也走进公寓大门时,口袋里的手机响了。京也听了一会儿,惊讶地说:"你是秋内的妈妈?"随后,他低声说了几句话。悟紧贴在公寓外墙边上盯着他,而间宫则看着那两个人。很快,京也突然惊呼一声,脸上失去了血色。间宫一看就能猜到肯定发生了什么大事。

"我立刻去医院!"

京也飞快地说完,收起手机,转身就往自行车场跑。下一刻,他便跨上自行车,不顾外面的雨,飞快地冲了出去。

"我惊呆了!没想到秋内君真的中了我拙劣的圈套……"

"于是,你又一次坐上车,朝医院驶去!"

悟紧紧闭起了双眼。

"真不可思议,那一刻,我满心都在祈祷秋内君能够得救,希望他不要死,希望他能保住性命!"

"你可真是任性!"

"没错,我是很任性……"

看着悟开车离去,间宫又增添了新的恐惧。他当然不理解悟那一刻的心情,以为他要追杀京也。于是,间宫飞快地跑出公寓,找起了出租车。还好,他很快拦到了车,朝医院赶去。

到达医院后,他终于知道发生了什么事。

"我做了一件无可挽回的事,他……秋内君没有做错什么。我没想到那样的机关真的能害死人!我……"

悟双手掩面,说话声渐渐变成了呜咽声,然后,他的声音变得像陈旧大门发出的"吱嘎"声,渐渐变细,最终没有了声音。

"嗯,一般人都不会想到!"

可能间宫表示赞同的时机过于奇怪,悟忍不住瞥了他一眼,然后低声笑了起来。

"你真是个怪人!"

"是吗?"

"够了,再拖延时间也没有意义。不管怎么说,我的决定是不会改变的。间宫先生,我的人生就像一场噩梦,我只想尽早结束它!"

悟长出一口气,仿佛卸下了郁积在胸中的苦闷。随后,他握紧刀子,凝视着刀尖。

"悟先生,你不杀了我吗?我也知道真相!"

"不用了。我开车去医院的路上,已经充分体会过杀人的感受了。"

"那真是太好了!"

间宫彻底放下心来。

"对了,悟先生,我能再问几个问题吗?"

"你好烦人啊!"悟头也不回,凝视着刀子说道。

"就一个……不,就两个问题。求你了!"

"那你就问吧!"

悟耸耸肩,丝毫提不起兴趣。

"第一个问题,你看到受伤的人被送到内科,难道不觉得奇怪吗?"

悟猛地转过头。

"内科?不,我只是跑进医院里,正好看见友江京也跑过走廊,就追了上去……"

"然后,你又站在友江君走进的病房门外偷听?"

"没错,然后我得知秋内君死了!"

"哦,原来如此!接下来是第二个问题,悟先生,你知道秋内君的全名吗?"

"秋内……明夫吧?我记得病房名牌上是这样写的。"

间宫一时忘记了尊重死者,忍不住微笑起来。

"那是他爷爷!"

悟惊得张大了嘴巴。就在这时,远处传来了狗叫声。

(四)

"老师,你在里面吗?"门外传来声音。

间宫不能动弹,只能抬起头回答。

"没错,我在这里!"

"你在那里面干什么啊?"

"我在阻止椎崎悟先生自杀。"

"啊?"

铁门"嘎吱"一声被打开,全身湿透的OB冲进了仓库,同样全身湿透的秋内跟在后面,他一脸惊讶地环视仓库内部。透过他穿短裤的双腿,间宫看到了自己那辆倒在阴暗路面上的自行车。

"秋内君,你来得正好!悟先生把我捆住了,能麻烦你帮忙解开吗?"

"哎,老师,你怎么……"

"详细的事情过后再说……啊！"

间宫发现OB压低身子摆出了恐吓的姿态,连忙转向悟。

"悟先生,刀子!赶快扔掉!"

悟回过神儿来,慌忙扔掉刀子,抬手挡住了眼镜。OB低声叫了好一会儿,最后转过身子,走到了间宫的身边,还舔了舔他的鼻子。

"OB真厉害!是你带秋内君找到这儿来的吗?"

"带?那可不能这么说。"

秋内看看悟,蹲下身子,解开了捆绑间宫的绳索。

"我走到老师家,发现OB在里面吠个不停,而且门没锁——应该说,门锁本来就是坏的,我就开门看了一眼,结果OB突然冲了出来。"

"然后你就在后面追?"

"是啊,我借了老师的自行车,顶着受伤的脑袋,在后面一路狂追。"

"啊,你受伤了?"

"那当然了,我那辆车的刹车都坏了。我当时要是离开出云阁直接上了坡道,我现在可能已经不在了。还好我刚骑到桥上,老妈就打来了电话,说爷爷病危,当时我就拐到医院去了。没想到两根刹车线都断了。虽然那条路很平,车速也不算快,但我还是快要吓死了,前轮不小心碾到石头……你瞧,就成了这样!"

秋内给间宫看了自己的脑袋,他的头发中间果然结了一小块痂。

"别看伤口这么小,我当时都晕过去了,不过只晕了十分钟。后来天上下起雨来,口袋里的手机又摔坏了,我还做了个奇怪的梦,真是倒霉透了!"

"你在哪儿摔倒了?"

"在出云阁门口。那里不是种了一圈罗汉松嘛,我连人带车摔进树丛里,失去了知觉。等我醒过来,周围已经围了好多穿丧服的人,我还以为自己真的死了!"

"你说话真逗!"

"您真会说笑!好,一切疑团都解开了!"

秋内拍了一下间宫的脚,然后看向悟。悟看起来依旧困惑不已。

"这是我们第三次见面吧?"秋内说完,又喃喃了一句,"算是第四次?"

间宫没听明白他的意思。

"我摔晕之后做了个奇怪的梦,并在梦里想通了一切,发现了真相。你就是发生事故时……"

"哦,秋内君,那件事就算了,我已经解释过了。"

"啊?"秋内惊讶地看向间宫。

"您解释过了?"

"嗯,悟先生说要自杀,我就想尽量拖延时间,等别人过来。可你一直都不来,我只好把什么都说了……等等,做梦?"

"对,做梦！我醒来后,马上去了老师住的地方,想把自己的发现告诉你。"

"你在梦里发现什么了？"

"我在阳介君的事故现场撞到了一个人。旁边发生了那么大的事故,那个人却忙不迭地离开那里,仔细想想好像有些奇怪。我再仔细想想,发现那个人就是阳介君告别仪式那天,我在出云阁见到的人。当时他叫椎崎老师'镜子',我就推测他或许是椎崎老师的前夫。"

"哦,于是你就发现了真相？"

"是的。我结合间宫老师说的舒缓信号和特征组合,一下子就想明白了！"

"那你很厉害啊,真了不起！"间宫由衷地赞叹道。

间宫还抬手摸了摸秋内头顶的伤,一本正经地说：

"说不定你磕了一下脑袋,就变聪明了！"

"秋内君……对不起！"悟突然向秋内低下了头,"我对你做了很过分的事,不知该如何赎罪……"

"不用了,反正只受了一点儿轻伤。除此之外,可能就是我得换两根新的刹车线,还有没能见到爷爷最后一面吧……"

听到那句话,间宫总算想起来了。

"对了,秋内君,请你节哀顺变啊！"

"他都住院好久了,其实我已经做好了心理准备。"

秋内君的祖父罹患了消化系统的癌症。间宫追着悟走进医院时,找附近的护士询问了一番,得知了他祖父的病情。

OB 在他脚下甩起了毛,水滴落了一地。

间宫蹲下来,摸了摸 OB 的头。

"你这样会感冒哦!"

"OB 为了找老师,跑了好多地方!"

秋内低头看着 OB,抱起了胳膊。

"所以我们才会来得这么晚。它跑到了相模川岸边,经过'尼古拉斯'门前,去了大学附近,然后走过了农田、商店街、那个很大的钟表店、我从来没去过的运动广场,最后才是渔港。我骑着您那辆破车,在它的后面追它,追得好辛苦啊!不是自夸,换了别人可能压根儿追不上它!"

"不过,这也太奇怪了,OB 为什么最后才找到这里?"

"因为它一路都在追踪老师的气味,它毕竟是狗。"

"就算是狗,也不可能有如此超凡的嗅觉,它不可能单凭嗅觉在雨中找到不知身在何处的人!"

"你说的运动广场……"悟在旁边小心翼翼地开口问道,"是不是有座喷泉?"

秋内立刻点点头。

"那里是有个小喷泉,你怎么知道?"

悟若有所思地低头看向 OB。

"你刚才说的地方……都是阳介经常带 OB 散步的地点。离家前,我问过阳介一次。他说每次都带 OB 去同样的地方散步。

当时他说的地点和顺序跟你刚才说的几乎一样……"

间宫闻言,忍不住盯着OB,感慨和悲伤一同涌上心头。

"这样啊……原来你不是在找我,而是在找阳介君!"

看来,他在OB心目中还是比不上阳介。

间宫长年与各种动物接触,还是头一次有这样的感受。

"但是,最后它还是找到老师了呀!"秋内安慰道,"它不是跑到仓库来了吗?"

"嗯,这倒也是……"

OB可能只是跑到渔港寻找阳介,碰巧听见仓库里传来间宫的声音,它才会往这边跑,仅此而已。

"不管怎么说,谢谢你找到了我!"

间宫蹲下来,抱住了OB。他发现OB在轻轻地颤抖。莫非它感到冷了?不对!

哦,他都忘了!

OB害怕下雨呀!

间宫不禁由衷地感谢在雨中奔跑并找到这里来的OB,无论它为了找谁而来到这里。

尾声

一个星期过去了。

秋内没有把一连串事情的真相告诉任何一个人,他的眼前总是浮现出紧闭双眼的悟,这令他很难保持冷静。

他们在渔港分开时,悟留下一句"我要从头开始"。这句话太含糊了。他要怎么开始?开始什么?秋内直到现在都没想明白。他是要开始新生活,是要开始找工作,还是要换个活法儿?

后来,他就没再见过悟,今后恐怕也见不到了。他推着自行车,跟间宫和 OB 离开渔港时,悟一直低着头站着,任凭渐渐变小的雨打在脖子上。他走到半坡,又回头看了一眼,悟依旧保持着同样的姿势站着。那个身影让秋内感到心中一紧。

"哦,亚克力板?"

星期日,秋内走在洒满阳光的小路上,回头看了一眼间宫。

间宫一手牵着红色狗绳,再次喜欢上散步的 OB 正在他前方一个劲儿地嗅闻地面。

由于要参加祖父的葬礼,还要修理山地车,过了整整一个星期,秋内才找到时间跟间宫谈论那件事。

"对,做成了跳台的样子,我觉得还挺精巧的。"

"他放在坡道中间了?"秋内难以置信地问道。

间宫挑着眉毛,点了点头。

"所以,如果你离开出云阁时没有接到你母亲的电话,恐怕就连人带车飞到底下的大石头上了!"

秋内感到后背一凉。他一直以为悟只是割断了刹车线,故意把他引到那条坡道,好让他摔倒受伤,运气好的话还能死掉。

"可是……如果他那样做,我肯定就没命了啊!如果我从那条坡上飞出去,必死无疑!"

间宫同情地撇着嘴,"嗯"了一声。

"嗯什么啊……"

秋内真的很想立刻报警,举报悟杀人未遂。

"何必在意呢?反正你也没死,还做了一个奇怪的梦。"

"话是这么说……"

秋内回忆起梦的最后一幕。

他穿过了阴暗的三途河,镜子与阳介站在桥的另一端,两个人都在笑。他们为什么要笑?很快,秋内走到他们的身边,阳介抬头对他说:

"你只是受了一点儿小伤,怎么能过来呢?"

接着,阳介忍不住笑了起来。

镜子在旁边笑得更厉害了。

"就是啊,秋内君,快回去吧!"

尽管秋内搞不清楚状况,但是被他们这么一说,他还是原路返回了。返回途中,他重新思考了这次的事情,眼前突然出现一个清晰的答案。就在他眼前一亮的同时,周围的景色迅速变暗,他回过神儿来,发现自己已经倒在出云阁的罗汉松树丛里了。

"你爷爷的葬礼顺利结束了吗?"

"嗯,顺利结束了。"

"我也好想见见秋内君的爷爷啊!昨天我在学校听羽住君和卷坂君说了,他好像是个很有意思的人。"

"他喜欢把大学生叫到家里去烧烤。有一次,我爷爷、京也、弘子、羽住同学,还有我,五个人一起吃了烧烤。"

祖父住院后,病情急剧恶化,父母从仙台赶过去,没想到他一上来就说"我才不要见你们,赶紧把跟我一起烧烤的伙伴叫过来",说完就从本子上撕下了一页纸。那是四个用丑陋的字写着的电话号码——秋内、京也、弘子和智佳的电话号码。于是,秋内的母亲就在医院拨打了那些电话。

后来,他听京也说,祖父去世时发生了一件怪事,他的脑电波出现了异常振动。

"我猜他肯定在想烧烤吧!"京也这样说。

秋内问为什么,他很干脆地回答了。

"因为老爷子死前一直在嘀咕'BBQ'——户外烧烤啊!"

秋内不禁感叹,那真不愧是祖父的最后一刻。大部分人都希望自己临死前没有后悔、恐惧和悲伤,而是沉浸在快乐的回忆中吧!

秋内呆呆地想:如果可能,我将来也想那样死去。如果可以,我还希望已经离世的人都有过那样的临终一刻。

"你刚才说友江君在哪里等我们?"

"他没在等我们,我正要突袭车站。昨晚好不容易从他嘴里打听到了电车的发车时间。"

"你要突袭车站,给他送行?"

"如果我说要送他,京也那家伙肯定不答应,甚至有可能更换列车的班次。"

京也还是退学了。办好手续后,他清退了公寓,今天就要返回故乡四国。不过,他并没有打算与父亲和解、安心继承家业。照他的话说,那是"返回起点,从头开始"。

又是"从头开始"!

"老师,'从头开始'究竟是什么意思啊?"

"我的国语不太好啊……你问这个干什么?"

"没什么,随便问问。"

间宫抬头看着夏日的晴空,思索了一会儿。

"应该是对一件事重新发起挑战吧。"

"要是失败了怎么办？"

"那就再次从头开始！"

"要是再次失败了呢？"

间宫看向秋内，忍不住笑了。

"你觉得人会主动跑去挑战成功率那么低的事情吗？人类的智力可没有那么低下！"

前天，京也突然来到了秋内家。

他一进门就说：

"是我杀了椎崎老师！"

在镜子家发现尸体时，京也其实也找到了一封遗书。遗书只有一张信纸，当时就摆在起居室的桌上。

镜子在遗书里提到，她忘记了自己的立场，与"某个男性"发生了不道德的关系，并因此与丈夫离了婚。阳介因事故失去性命时，她痛惜儿子的人生过于短暂，并在那一刻意识到，是她用自己的任性行为夺走了儿子的父亲。这个事实如此简单直白，她却一直没有正视。她连休息日都在工作，没有好好关心阳介，让孩子感到寂寞了。她无论如何都无法原谅自己。

秋内问他：

"那封遗书在哪里？"

"我扔了。"

京也只回答了这三个字。

接着，京也从钱包里掏出一个东西，放在地板上。那是一张用半透明收纳袋仔细包住的照片,隔着好几层塑料膜,秋内隐约看到了一个褪色的女性半身像,她长得有点儿像镜子。

"这是我妈妈,"京也小声地说道,"我很喜欢她!"

他并没有说喜欢的是谁。

接着,京也第一次在秋内面前哭了出来。京也的举动是因为对镜子的负罪感,是想念去世的母亲,还是后悔自己的所作所为,秋内无从知晓,所以,他只能盘腿坐在地上,看着朋友痛哭。他并不为自己无法理解朋友的心情而感到羞愧,因为那个像孩子般哭泣的京也,恐怕也不理解他自己的心情。

"静君!"

他们走到车站附近时,突然听见有人叫了一声。

"啊,羽住同学……还有弘子!你们怎么来了?"

看到智佳和弘子走过来,秋内吃了一惊。

昨天,秋内在学校对她们说,自己打算去送别京也。然后,他又鼓起勇气问她们要不要一起去。她们都摇了摇头。正如秋内所料,智佳和弘子都不想见他。这一个星期,京也好像一次也没联系过弘子。他们都参加了秋内祖父的葬礼,但是他们全程没有说过一句话。她们拒绝他后,秋内就没有再坚持,但考虑到她们可能会改变主意,他还是告诉了她们发车的时间。

"毕竟是朋友一场,他要离开了,还是应该送一送。"弘子满不在乎地回答道。

秋内不知该如何回应,忍不住看向智佳。智佳拍了他一下,对他说:"你自己想!"

于是,他又看向弘子,飞快地在脑中搜索这种场合应该说的话。他猜测,这时候说的话大概有两种。一种是安慰,另一种是接受弘子所说的"朋友",然后委婉地表示赞同。前者比较简单,后者有点儿难。不过,此时此刻,选择后者似乎比较稳妥。

"答对了!"智佳竖起食指,戳着秋内的胸口说道。

"什么都不说才是正确答案,对吧?"

"没错,这才叫善解人意!"

弘子用格外成熟的语气说完这句话,轻轻撩了一下肩上的头发。

"原来如此,假装没听到就好啊……"间宫感慨地喃喃自语道。

他们走向车站时,秋内的手机响了,屏幕上显示是"ACT"的来电信息。

"阿静,今天体验过濒死状态没有?"

当天晚上,秋内就打电话给阿久津,汇报自己骑车摔倒失去意识,还做了个奇怪的梦。当然,他没有提悟的事情。由于秋内工作中突然失联,阿久津担心了很久,但听完秋内的汇报后,他中气十足地大笑了好一会儿。秋内说,那个一会儿让他去出云阁、一会儿让他去渔港的电话可能是恶作剧,阿久津想也没想就接受了这种说法。

"辛苦了,有什么事吗?"

"下周的时间告诉我一下吧!"

"哦,下周……"

秋内把自己的日程告诉了他。

"知道啦,你要小心,别再跑到三途河那边去啦!"

"我尽量……啊,等等!"

通话中断前,秋内忍不住问了一个他一直很好奇的问题。

"社长,请容许我问一个问题。你长什么样子来着?"

"啊……你问这个干什么?"不知为什么,阿久津突然压低了声音,警惕地反问。

"没什么,就是自从被录用以后,我好像就没再见过社长。"

"因为我不想见人嘛。"

"为什么?"

"会被笑话。"

"为什么会被笑话?"

"当然是因为脸啊!"阿久津不耐烦地回答。

"两年前面试时,阿静没有觉得我长得像什么人吗?"

"我不记得了……应该没想过。有人觉得你长得像谁吗?"

"这个就不用问了吧!"

"我想知道!"

阿久津喷了一声,随即长出一口气。

"像阿宏啊!《根性青蛙》里的阿宏!"阿久津气愤地说完,嘀咕了一句"阿静好过分",然后挂断了电话。

"秋内君,你笑什么?"间宫疑惑地看着他。

秋内笑着摇了摇头。

"没什么,刚刚解开了一个疑问。"

来到车站,秋内等人和 OB 一字排开,等待京也出现。

几分钟后,京也双手提着旅行包走了过来。他不经意间抬起头,看见秋内他们等在那里,当即拎着大包小包转过身去,试图混入人群。秋内早有预料,马上追过去,将其捕获。京也没怎么挣扎,苦笑着被他领到了车站门前,这让他多少有点儿意外,他还以为京也会很不情愿。

"连老师都来了,没想到我的影响力这么大!"

"果然是个笨蛋!"弘子一句话就消解了他的狂言。

"咱们又不是陌生人,至少要好好地道别吧!"

"你这话意味深长啊!"

"是事实啊!"弘子不为所动,回了一句。

秋内觉得弘子变得和以前不一样了。以前她是个可爱的女孩子,莫非跟京也分手后,她也变坚强了?抑或是她本来就是这样坚强的人?秋内偷瞥了一眼智佳。高中时代就跟弘子是好朋友的智佳似乎看出了秋内的疑问,凑过来给出了答案。

"其实她本来就这样!"

女人真是太难懂了!秋内莫名感慨,继续盯着弘子。

弘子拍了一下京也,催促道:

"赶紧跟大家道别啊!"

"啊……嗯,也对!"

京也勾起嘴角,挠了挠耳朵,最后认命地抬起头来,向所有的人道了谢。

"谢谢你们!"

"对老师要说敬语啊!"

"不用了,秋内君,他已经不是学生了。"

"但他比您小啊!"

京也突然转身面向间宫。秋内顿时有些担心他要对间宫说什么没礼貌的话,但是京也用异常严肃的表情盯着与他身高相仿的间宫看了几秒钟,然后特别自然地说出了感谢长辈的话。

秋内心想:这小子努力一下还是可以的嘛。

接着,京也分别与他们说了几句话。发车时刻临近,最后京也看向秋内,伸出一只手。

"你要跟我握手?"

"没错!"

秋内握住京也的手,他的手心有些潮湿。

"保重啊,京也!"

京也点点头。

"如果有机会回来,我会联系你的!"

"眼睛的治疗怎么办?"

"我请医生写了介绍信,准备回到家乡当地的医院继续治疗,不过都这么多年了,治不好也无所谓。"

"别这么说啊!"

"我没有放弃,只是打算向狗学习!"

"什么意思?"

"我之前不是说过吗?狗的视力其实很差……老师,我说得对吧?"

间宫高兴地点点头。

"没错,狗的视力很差,但嗅觉很好。"

京也再次看向秋内。

"就是这样,我准备像狗一样,找到自己拿手的东西!"

秋内惊呆了。

"你竟然会说这种话?"

"你不知道吧?"

京也笑了一声。

"我今后还会继续治疗的。如果病情出现了惊人的好转,我就先去考驾照,到时候可以带上你,咱们一起去看海!"

"你?"

"啊?"

"你管我叫'你',而不是'你小子'?"

京也吃了一惊,抿紧嘴唇,握着秋内的右手变得更潮湿了。

"叫什么都无所谓嘛!"

京也看了一眼手表,转向人来人往的车站大厅。他的侧脸带着一点儿自信,毫无做作的痕迹,就像面对着熟知自己本性的人。

"我走了。"

他抬手招呼一声,正要离开,却被秋内叫住了。

"等等,你的道别还没结束吧?"

他用目光示意OB。京也低头看着它,眼中似乎闪过了某种深刻而沉重的情感。那也许是悲伤,也许是痛苦,也有可能是突然被卷入回忆之中的茫然。不管怎么说,京也飞快地眨眨眼睛,那种情感便消失得无影无踪了。

"再见啦,小狗!"

说完,京也便启程前往故乡四国了。

秋内他们送走京也之后,默默地离开了车站。

"那应该是巧合吧……"途中,间宫呆呆地看着脚边的OB,小声说道。

"什么?"

"那天晚上OB不是在渔港找到我了吗?你觉得它真的是寻找阳介君的时候碰巧听见我的声音,才会跑到仓库来的吗?"

秋内吃了一惊:间宫怎么还在想这件事?难道他有些多愁善感?

"是不是都无所谓吧?何必想那么多呢?"

"话是这么说……"

"你想知道吗?"

"嗯,特别想知道!这算什么,算吃醋吗?"

"老师,你是不是很想得到所罗门王的戒指?"秋内半开玩笑地问了一句。

间宫却盯着 OB 看了一会儿,然后摇摇头。

"不需要。"

"可是有了戒指,就能直接问 OB 呀。"

"还是不需要,何况所罗门王的戒指本来就不存在,那是个错误。"

"错误?"

秋内有些没听明白。

"怎么回事?"

"其实那是《圣经》故事翻译的错误。其真正内容并不是'所罗门王戴上有魔力的戒指,与鸟兽鱼虫对话。'而是'所罗门王博学多识,懂鸟兽鱼虫之言。'换言之,所罗门王的戒指就是所罗门王自己——戒指就在人类的这个地方。"说着,间宫敲了敲自己的脑袋。

"我会自己弄明白的!"

秋内不禁想:间宫也许真的能弄明白。他也许能像所罗门王那样,懂鸟兽鱼虫之言。

"那就太厉害了!到时候你也是国王的狗啦!"

OB 听罢,若无其事地吐着舌头。

如果间宫能与动物沟通,OB 会跟他讲阳介的故事吗?阳介的善良、坚强,还有他对OB倾诉的梦想和伤感……也许,OB不会告诉任何人,但它一定永远都不会忘记那个善良的小主人。就像秋内、京也、弘子和智佳那样,即使说不出口,他们也绝对不会忘记那个小小的朋友。

接着,他们沉浸在各自的思绪中,静静地穿过夏日的街巷。

"秋内君,"弘子突然凑过来,小声说道,"你要趁这个夏天赶紧行动啊!"

"赶紧……做什么?"

弘子瞥了一眼走在稍远处的智佳。

"你跟京也是好朋友,应该知道怎么约女生出去吧?"

秋内愣了片刻,总算理解了弘子的意思,他慌乱起来。

"约……不行,不行,我不行的!"

"你要是不赶紧行动,她就要被北海道的木内君抢走啦!那家伙最近好像经常给智佳打电话。"

"啊,真的吗?电话是从北海道打过来的?"

"他说自己忘不了智佳。大约三个星期前,就是阳介君遇到事故的那天晚上,他突然给她打电话了,当然,智佳的反应特别冷淡。"

弘子不说,他都忘了。那天弘子联系智佳时,智佳正在通电话,秋内当时还以为她的通话对象是京也。

"原来是他啊……"

难怪秋内问智佳跟谁通话时,她的回答如此敷衍。她可能懒得解释吧。

"总之,就是这样,你要追求智佳得趁早!"

"可是这样羽住同学会很烦吧?她有可能会被我吓一跳。"

"不一定哦。"

弘子意味深长地笑了笑,然后抽身而去。她凑到智佳身边,开始嘀嘀咕咕。智佳听着,突然困惑地看了弘子一眼,继而瞥了秋内一眼。秋内暗道不妙,心中涌出一种不祥的预感。

过了一会儿,智佳不知听弘子说了什么,一边走,一边十分不自然地绕开其他行人,渐渐朝秋内靠过去,接着,便跟他并肩走了起来。

那一刻,秋内才猛然察觉到柑橘的香气。

"你今天也用了那种香水呢。"

智佳轻轻抓住 T 恤领口,点了点头。

"因为上次静君说这个味道很好闻。"她的语气很平淡,但是给他留足了想象空间。

二人再次陷入沉默。秋内感到自己的呼吸越来越急促。他得说点儿什么,他必须行动起来!

弘子刚才说:"你跟京也是好朋友,应该知道怎么约女生出去吧?"

大错特错!京也从来没教过他这个。不对,等等,说到这个……

秋内越过智佳的头顶看向间宫,间宫也在看着他,还不停打手势。他先指着自己的喉咙,随后掌心一直朝下压。放低、放低,放低声调……

此时此刻,不如信间宫一次吧!

他深吸一口气,重新转向智佳。智佳显然意识到秋内要对她说话。虽然她一直看着前面,手脚的动作也很自然,但她的整个身体好像都在等待秋内发言。

秋内下定决心,飞快地组织语言。

放低、放低、放低声调……

可是……

"那个……"

秋内脱口而出的声音异常低沉,连他自己都吓了一跳。瞬间,他脑袋里准备好的台词都跑了个一干二净。

智佳也吃了一惊,盯着秋内。

间宫在她身后,双手掩面,仰天无言。